Yf 7263

LES FÉES,

COMEDIE

EN TROIS ACTES.

REPRESENTÉE POUR LA PREMIERE
fois par les Comediens Italiens ordinaires
du Roy, le 14 Juillet 1736.

Par Messieurs ROMAGNESI *&* C***.

Le prix est de 24 sols.

A PARIS,
Chez LE BRETON, Quay des Augustins, au coin
de la ruë Gist-le-cœur, à la Fortune.

M. DCC. XXXVI.
AVEC APPROBATION ET PERMISSION.

ACTEURS.

LA PRINCESSE.

LE PRINCE.

LA FE'E BRUYANTE, Tante de Lysandre.

LA FE'E AGATINE.

LYSANDRE, Amant de la Princesse.

SYLVAINE, Suivante de la Fée Agatine.

ALCINE, Suivante de la Fée Bruyante.

ARLEQUIN, Valet du Prince.

L'AMOUR.

La Scêne se passe dans le Palais de la Fée Bruyante.

LES FÉES,

COMEDIE EN TROIS ACTES.

ACTE PREMIER.

SCENE PREMIERE.

Le Théatre repréfente un Palais de Fée.

LE PRINCE , ARLEQUIN.

ARLEQUIN.

Eigneur , vous ne fongez pas que nous fommes dans le Palais des Fées ; remettez ce Portrait dans votre poche & cherchons-en l'original.

LE PRINCE.

Que viens - je faire ici ?

ARLEQUIN.

Il eſt bien tems de le demander , quoi vous n'en ſçavez rien ?

LE PRINCE.

Chercher une Beauté que j'adore , & à qui je ſuis ſûr de déplaire.   A ij

ARLEQUIN.

Voilà une désagréable commission.

LE PRINCE.

Et cette affreuse certitude ne peut me détourner de mon entreprise ?

ARLEQUIN.

Je ne saurois pardonner aux gens qui connoissent leur folie & qui ne s'en guérissent pas.

LE PRINCE.

Et comment en guerir ? tien, regarde !

ARLEQUIN.

Oui cela est beau ; mais que vous importe, puisque vous en devez être haï.

LE PRINCE.

En est-elle moins aimable, la beauté ne détermine-t'elle pas par elle-même ? attendons-nous pour lui rendre hommage qu'elle promette de répondre à nos vœux !

ARLEQUIN.

Non, Seigneur, mais nous l'esperons, & les Belles font moins de conquêtes par leurs charmes, que par l'idée que nous nous formons de les rendre traitables.

LE PRINCE.

Je vais donc remplir ma destinée. Fée implacable n'étoit-ce pas assez de me rendre affreux, falloit-il encore me donner le désir de plaire ?

ARLEQUIN.

Cela arrive à bien d'autres qu'à vous, cependant je ne vous trouve pas si laid que vous le dites ; vous n'êtes pas beau à la verité, mais aussi n'êtes-vous pas horrible.

LE PRINCE.

Je dois le paroître à toutes celles que j'aimerai, c'est le supplice où m'a condamné la colere de la Fée Bruyante, je l'avois bravée jusqu'ici : retiré loin du monde, le don fatal qu'elle m'a fait devenoit impuissant, je ne voyois aucunes femmes, je la remerciois même de m'avoir fourni le motif de les éviter ; mon parti étoit si bien pris, que je tournois les traits de sa vengeance à mon avantage, & j'y trouvois une source de sagesse & de tranquillité.

ARLEQUIN.

Elle étoit bien attrapée ?

LE PRINCE.

Mais elle vient de confondre toute ma prudence ; j'ai trouvé ce portrait à mon réveil avec ce mot d'écrit : (*Elle t'attend dans le Palais des. Fées.*) Un feu cruel s'est répandu dans mon ame, en vain j'ai voulu le combattre ; entraîné par mon étoile & par mon amour, je viens, sans pouvoir m'en défendre, me livrer à toutes leurs cruautés.

ARLEQUIN.

Ah vous voilà joli Garçon ! après tout la chose n'est pas encore désesperée, elle vous aimera peut-être.

LE PRINCE.

Je vais lui paroître affreux, te dis-je.

ARLEQUIN.

Qu'est-ce que cela fait, un homme ridicule trouve souvent le moyen de se faire aimer, pourquoy ne voulez-vous pas qu'un homme laid ait le même avantage.

LE PRINCE.

La difference est grande, le ridicule trouve des Partisans, mais la laideur déplaît à tous les yeux.

ARLEQUIN.

Si cela est, vous êtes bien à plaindre, mon cher Maître ; mais ce qui me fâche le plus pour vous, c'est que votre Maîtresse est d'une bêtise insupportable.

LE PRINCE.

Maraud...

ARLEQUIN.

Vous adorez une Idole.

LE PRINCE.

Crains que mon couroux . . .

ARLEQUIN.

Doucement , avant que d'entrer à l'honneur de
votre fervice , j'ai entendu parler de cette Princeſſe ;
qu'elle eſt belle ! diſoit l'un ; oui, mais qu'elle eſt bête !
répondoit l'autre.

LE PRINCE.

Croirai-je qu'un viſage ſi charmant . . .

ARLEQUIN.

Cela arrive quelquefois.

LE PRINCE.

Ce défaut n'a rien qui m'inquiéte , & je puis le réparer.

ARLEQUIN.

Vous ?

LE PRINCE.

La Fée Agatine , pour adoucir le don fatal de la
Fée Bruyante , m'a doué fecrétement du pouvoir de
donner beaucoup d'eſprit à celle que j'aimerois.

ARLEQUIN.

Sérieuſement ?

LE PRINCE.

Oui.

ARLEQUIN.

Vous pouvez donner beaucoup d'eſprit?

LE PRINCE.

Oui , te dis-je.

ARLEQUIN.

On peut donc donner plus que l'on n'a ?

LE PRINCE.

Apprenez Monſieur , le mauvais plaiſant , que par
le même pouvoir qui me fait paroître plus laid que je
ne le ſuis , je puis auſſi donner plus d'eſprit que je
n'en ai.

ARLEQUIN.

Je badine, Monſeigneur, diantre vous en avez beaucoup. La Fée Agatine eſt donc votre protectrice ?

LE PRINCE.

Oui, mais son pouvoir n'est pas si grand que celui de la Fée Bruyante.

ARLEQUIN.

Tant pis.

LE PRINCE.

Je ne saurois résister à mon impatience, cherchons cette aimable Fée, elle pourra peut-être me faciliter les moyens de voir ma Princesse, & de mourir du moins à ses genoux pour y expier le crime de lui déplaire ; mais juste Ciel ! que vois-je ? c'est ma mortelle ennemie la Fée Bruyante.

ARLEQUIN.

Voilà un début d'un mauvais pronostic.

SCENE DEUXIE'ME.

LA FE'E BRUYANTE, LE PRINCE, ARLEQUIN.

BRUYANTE.

AH vous voilà, Prince ! j'en suis charmée, il y a long-tems que je souhaitois vous voir en ces lieux.

ARLEQUIN.

Nous nous serions bien passé de vous y rencontrer.

BRUYANTE.

Je sçai le dessein qui vous y amene, vous adorez une Princesse dont je prens soin, vous ne pouviez mieux choisir, car elle a le don de rendre aimable ceux qui ne le sont point, & pour cela il ne faut que lui plaire ; tel que vous êtes, vous n'aurez pas de peine à y réussir, & je vous seconderai comme vous avez lieu de l'esperer.

ARLEQUIN.

Je crois qu'elle se moque de nous Seigneur.

LE PRINCE.

Que je serois heureux, Madame, si vous laissant toucher par la pitié vous vouliez ne me pas nuire!

ARLEQUIN.

Ne nous faites pas de mal, c'est tout ce que nous vous demandons.

BRUYANTE.

Devez-vous vous y attendre, Prince, vous imaginez-vous qu'une Fée puisse oublier une injure.

ARLEQUIN.

Que lui avez-vous donc fait?

LE PRINCE.

Le temps n'a-t'il pû vous adoucir?

BRUYANTE.

Non, l'affront que m'a fait votre Mere, est toujours present à ma memoire. Comment? après l'avoir protegée & servie dans ses amours, elle se marie, & ne me prie pas le jour de sa nôce?

ARLEQUIN.

Quoi! ce n'est que cela? elle vous gardoit pour le lendemain.

LE PRINCE.

N'en-êtes vous pas assez vengée par l'etat effroyable où me réduit le charme que vous avez répandu sur moi? Voyez de quelle façon j'ai vécu jusqu'ici, j'ai quitté la Cour de mon Pere, je me suis exilé dans une solitude, j'ai renoncé à tous les plaisirs qui semblent être faits pour les Princes de mon âge.

BRUYANTE.

Hé bien, n'étois-tu pas heureux! tes jours couloient dans la paix & dans l'innocence.

ARLEQUIN.

Oui, mais cette paix commence à nous peser, il vient un temps où le cœur se remuë ... on sent qu'il

nous

nous manque quelque chofe , & c'eſt le printemps de
l'âge qui fait tout cela.

LE PRINCE.

Il n'a pas dépendu de moi de me ſouſtraire à l'amour ,
cette paſſion eſt née malgré moi dans mon cœur , & ce
portrait trouvé ce matin. . .

BRUYANTE.

Je ſçai tout cela , aprens-en l'origine. Tout ce qui
t'arrive n'eſt qu'un effet de ma colere, ſi tu avois toujours vêcu dans ton déſert ma vengeance étoit perduë,
il falloit que tu aimaſſes pour ſentir ton malheur ; je
t'ai envoyé ce portrait , jugeant que tu ne reſiſterois pas
à tant de charmes , le ſuccès a répondu à mon attente, tu vas voir la Princeſſe, tu lui paroîtras horrible,
tu l'aimeras , elle te haira , & je jouirai de ta peine ;
je t'ai attiré dans ce Palais, perſuadée que la vûë de la
Princeſſe ne fera qu'augmenter ton infortune.

ARLEQUIN.

Quel rafinement de cruauté !

LE PRINCE *à genoux.*

Rien ne peut-il calmer votre couroux?

ARLEQUIN.

Laiſſez-vous toucher par nos pleurs.

BRUYANTE.

Non , la Fée Bruyante ne pardonne jamais.

ARLEQUIN.

C'eſt la Princeſſe ſa Mere qui a fait la faute , la
bonne Dame eſt morte , voulez-vous qu'il en porte
l'iniquité. Quand il ſe mariera , il vous priera du jour,
de la veille , de toute la ſemaine , & vous retient déja
pour Commere.

BRUYANTE.

De quoi te mêles-tu de parler ?

ARLEQUIN.

Ce que je dis n'eſt que par forme de converſation.

BRUYANTE.

Crains un ſort pareil au ſien.

B

ARLEQUIN.

Oh de ce côté-là je n'ai pas peur ! la nature m'a servi de Fée , & m'a doué, en naiffant , du don de plaire à qui je voudrois.

BRUYANTE.

Hé bien tremble fi cela t'arrive , au moment que tu aimeras , ou que tu feras aimé , tu fentiras une faim que rien ne pourra raffafier.

ARLEQUIN.

Tant mieux je mangerai toûjours.

BRUYANTE.

Les mets difparoîtront fi-tôt que tu les toucheras.

ARLEQUIN.

Ohimé , eft-ce tout de bon que vous dites cela ?

BRUYANTE.

L'Arrêt eft prononcé , il eft irrévocable.

ARLEQUIN.

Ah ! Seigneur, retournons au défert, je n'entre point dans le Palais.

LE PRINCE.

Allons trouver ma Fée protectrice , il faut qu'elle me procure la vûe de la Princeffe , fon abfence m'eft plus cruelle que tous les maux que fa rigueur me prépare.

BRUYANTE.

Vous pouvez librement entrer , vous la trouverez avec le Prince Lyfandre mon Neveu , qui eft auffi beau que vous êtes défagréable , & pour qui fon cœur eft prévenu.

LE PRINCE.

Dieux, qu'entens-je ! j'ai un Rival ?

BRUYANTE.

Et un Rival aimé.

LE PRINCE.

N'importe , entrons , je mourrai plus content lorfque je l'aurai vûe , fuis moi.

ARLEQUIN.

Grands Dieux ! ôtéz-moi tous mes charmes & rendez-moy, s'il se peut, semblable à mon Maître.

Ils sortent.

SCENE TROISIE'ME.

BRUYANTE *seule.*

JE vais satisfaire à la fois deux passions des plus vives, la haine & l'amitié ; je me venge d'une ennemie sur un fils qui lui étoit cher, & je fais le bonheur d'un Neveu que j'aime.

SCENE QUATRIE'ME.

BRUYANTE, ALCINE.

BRUYANTE.

HE bien, Alcine, nos Amans sont-ils épris l'un de l'autre, leur beauté doit leur inspirer une tendresse mutuelle, l'expriment-ils avec un peu de vivacité ?

ALCINE.

De vivacité, Madame ? à peine se disent-ils une parole en un quart-d'heure, ils se regardent, se mettent à soûrire, s'approchent, se reculent, & voilà tout.

BRUYANTE.

Leur extrême timidité empêche leur esprit de se développer ; mais à mesure que l'Amour fera des progrès dans leur ame, ce Dieu pourra leur faire joindre l'éloquence aux sentimens.

ALCINE.

Je le souhaite, Madame, car en verité on n'y sauroit tenir, ils infpirent une langueur, un ennui …

BRUYANTE.

Mais mon Neveu eft un peu plus aguéri que la Princeffe, n'effaye-t'il pas de la tirer de fon indolence.

ALCINE.

Lui, Madame? il eft pour le moins auffi timide qu'elle; fi vous voulez bien appeller cela timidité, c'eft le couple le mieux afforti; vous deviez bien, puifque vous vous intereffez à leur deftin, leur donner un peu d'efprit, que voulez-vous qu'ils faffent quand ils feront époux? ils n'auront pas feulement le plaifir de fe quereller.

BRUYANTE.

J'avoue que lorfque j'affiftai à leur naiffance, j'oubliai de leur faire ce don, je ne fongeai qu'à les douer des agrémens du corps & des avantages de la fortune.

ALCINE.

Et vous oubliâtes le principal, que feront-ils des uns & des autres préfens fi l'efprit leur manque?

BRUYANTE.

Il n'eft plus en mon pouvoir d'y remédier, mais du moins ne font-ils à plaindre qu'à nos yeux, & leur extrême ftupidité leur dérobe cette infortune.

ALCINE.

En effet, je les plains moins que ces fots orgueilleux qui font affés bêtes pour croire avoir de l'efprit.

BRUYANTE.

Ne font-ils pas auffi contens d'eux-mêmes que s'ils en avoient effectivement? Va, va, perfonne n'eft à plaindre de ce côté-là; mais faifons enforte que nos Amans apprennent à s'aimer & à le faire connoître, que leurs actions fuppléent à leurs difcours; le Prince mon ennemi aime la Princeffe, qu'il life dans fes yeux fon amour pour Lifandre, & qu'il ne puiffe interpréter le filence qu'elle obferve que comme une paffion trop forte pour trouver des termes qui l'expriment.

ALCINE.

Fort bien , vous ne fauriez mieux mettre fon igno-
rance à profit.

BRUYANTE.

Les voici. Comment ! mon Neveu eft plus galant
que je ne me l'imaginois , il lui donne la main !

ALCINE.

Ouy , mais je fuis bien fûre qu'il ne la lui ferre pas.

SCENE CINQUIE'ME.

BRUYANTE, LA PRINCESSE, LISANDRE, ALCINE.

BRUYANTE.

APprochez, mes Enfans, livrez-vous à une tendreffe
que j'autorife, je vous ai deftinez l'un à l'autre,
& plus je vous verrai paffionnez , plus je m'applau-
dirai de mon ouvrage.

ALCINE.

Voyez comme ils répondent.

BRUYANTE.

Je vous marie enfemble dès ce foir ; mais je voudrois avant de vous unir, que vous me fiffiez connoître
vos fentimens, parlez, vous aimez - vous ? Répondez
donc ?

LISANDRE.

Oh dame ! qu'elle parle la première.

BRUYANTE.

Cela n'eft pas dans l'ordre , c'eft à l'Amant à com-
mencer.

LISANDRE.

Qu'elle commence toûjours.

BRUYANTE.

Ma Niéce, car je vous regarde comme l'Epouſe de
mon Neveu, ne le trouvez-vous pas aimable, bien fait?

LA PRINCESSE.

Oh! fort honnête.

ALCINE.

Vous ne répondez pas à ce qu'on vous demande. Le
trouvez-vous beau, agréable?

LA PRINCESSE.

Pour cela oui.

ALCINE.

Et vous, Seigneur, comment trouvez-vous la
Princeſſe?

LISANDRE.

Elle eſt bien jolie.

BRUYANTE.

Ce n'eſt pas ainſi qu'il faut s'expliquer. Dites que
vous la trouvez adorable, & que ſa ſeule poſſeſſion
peut faire votre felicité.

LISANDRE.

Qui?

BRUYANTE.

Et vraiment ne le penſez-vous pas?

LISANDRE.

Moi, je ne ſçai pas ce que je penſe.

ALCINE.

Cela eſt tout-à-fait heureux; & vous, Madame,
ne ſerez-vous pas charmée d'avoir ce Prince pour
Epoux?

LA PRINCESSE.

Comme voudra ma Tante.

BRUYANTE.

Vous voyez, en s'avouant ma Niéce, elle vous reconnoît pour ſon Epoux.

LISANDRE.

Je ne l'ai pourtant pas encore épouſée.

BRUYANTE.

Oh je me lasse à la fin de votre stupidité! allons, Monsieur, faites tout-à-l'heure un compliment à la Princesse, & qu'elle vous réponde.

LISANDRE.

Ne voilà-t'il pas qu'on me gronde pour l'amour de vous?

LA PRINCESSE.

J'en suis bien fâchée, je n'y retournerai plus.

BRUYANTE.

Allons, je ne vous gronde point, parlez-lui donc, commencez par une réverence.

ALCINE.

Bon, il fait la réverence du menuet.

BRUYANTE.

N'importe, ne le detournez point.

LISANDRE.

Madame, ... elle me regarde.

BRUYANTE.

Tant mieux vraiment, continuez.

LISANDRE.

Oh je ne saurois deviner ce que j'ai à lui dire!

LA PRINCESSE.

Seigneur, vous me faites bien de l'honneur.

BRUYANTE.

Est-il possible que vous ayez tant de peine à vous tirer d'un compliment que l'amour vous dicte, car vous aimez la Princesse?

LISANDRE.

Vraiment, assurément, ne m'avez-vous pas dit vous-même qu'il falloit que je l'aime ...... que je l'aimasse?

BRUYANTE.

Hé bien, apprenez donc à lui parler; Madame, si quelque chose traverse mon bonheur, c'est de vous obtenir sans vous avoir meritée, il faudroit pour que

j'ofaffe afpirer à un objet fi charmant, que mille fer-
vices, des travaux infinis euffent pû m'en rendre di-
gne ; mais puifque vous voulez bien m'accepter pour
Epoux, mes foins, ma tendreffe, mes refpects, &
une conftance éternelle, vous prouveront qu'il n'y a
rien que je n'euffe ofé entreprendre pour obtenir une
main qui m'eft fi chere. *A la Princeffe*, répondez
maintenant.

LA PRINCESSE.

Je vous fuis obligée, ma Tante.

ALCINE.

Eh non ! elle parle pour votre Amant, c'eft à lui
que vous devez répondre ; Seigneur, quelque bonne
opinion que j'aye de votre courage, je ferois au défefpoir que l'envie de m'obtenir vous eût fait courir le
moindre des périls, & je me reprocherois fans ceffe de
vous avoir fait acheter trop cher un bonheur qui
doit faire tout celui de ma vie.

BRUYANTE.

Fort bien ! que repliquez-vous à cela ?

LISANDRE.

Rien, cela ne me regarde pas.

ALCINE.

Pardonnez - moi vraiment, c'eft à vous que ce difcours s'adreffe, & c'eft la Princeffe qui vient de vous
parler.

LISANDRE.

Oh que non ! c'eft vous.

BRUYANTE.

Nos foins font inutiles, laiffons-les enfemble, afin
qu'ils fe faffent un jargon par habitude, qu'eux feuls,
je crois, pourront entendre.

Elles fortent.

SCENE

SCENE SIXIE'ME.

LISANDRE, LA PRINCESSE.

LISANDRE.

A Propos, on nous a laiſſés tous ſeuls.

LA PRINCESSE.

Cela ne fait rien, je n'ai pas peur quand il fait jour.

LISANDRE.

Vous me regardez bien ?

LA PRINCESSE.

C'eſt que cela me fait plaiſir.

LISANDRE.

Je ſuis beau n'eſt-ce pas ?

LA PRINCESSE.

Oh ! pour cela oui.

LISANDRE.

Je le ſçai il y a long-tems ; à la Cour de mon Père
toutes les Dames, quand elles me voyoient, diſoient,
ah qu'il eſt beau ! ah qu'il eſt beau ! & moi je riois,
car j'étois bien-aiſe.

LA PRINCESSE.

Je le crois bien, cela eſt fort drole.

LISANDRE.

Mais faut-il que nous reſtions ici toute la journée ?

LA PRINCESSE.

Ma Tante n'a pas dit combien de temps.

LISANDRE.

C'eſt que j'aurois envie d'aller me promener dans
le Jardin ; tenez je chercherai des nids, j'en trouverai
& je vous les apporterai.

LA PRINCESSE.

Ah ! oui, prenez un nid de Pies, nous les éleverons.

C

LISANDRE.

Et nous leur apprendrons à parler ; j'y vais, attendez-moi là, je reviendrai quand j'en aurai trouvé. *Il fort.*

LA PRINCESSE.

Ah! voilà la Fée Agatine ma bonne amie.

SCENE SEPTIE'ME.

LA FÉE AGATINE , LA PRINCESSE ,
LE PRINCE, ARLEQUIN.

AGATINE.

BElle Flore , je vous préfente un Prince pour lequel je m'interesse.

LA PRINCESSE.

Ah qu'il est laid !

AGATINE.

Je vous prie de lui faire un accueil favorable.

LA PRINCESSE.

Je ne faurois Madame.

LE PRINCE.

Charmante Princesse , je ne m'aperçois que trop de l'horreur que vous caufe ma vûe , elle est bien fondée , & je m'y attendois ; le plus défagreable des mortels ofe vous adorer , quelle trifte offrande pour une Divinité si parfaite ! mais pardonnez à des tranf-ports qui l'entraînent malgré lui , & que vous faites naître dans tous les cœurs qui font frappés de l'éclat de vos charmes.

LA PRINCESSE.

Il ne m'est pas possible de le regarder.

AGATINE.

Faites un effort , la bienféance l'exige.

LE PRINCE.

Ah ! Madame , qu'on est malheureux de reffentir

tant d'amour lorſqu'on eſt ſûr de déplaire, je n'oſe vous découvrir des ſentimens dignes de la beauté qui me les inſpire & qui feroient ſon bonheur & le mien, ſans l'obſtacle que ma laideur oppoſe à mon amour.

LA PRINCESSE.

Ce n'eſt pas ma faute, Seigneur.

ARLEQUIN.

Mon pauvre Maître, autant de Rétorique perdue.

LE PRINCE.

Mais cette paſſion malheureuſe n'a d'interêts que les vôtres, d'autre but que celui de paroître extrême & reſpectueuſe, & d'autre eſpoir que celui d'inſpirer de la pitié.

AGATINE.

Ne lui trouvez-vous pas de l'eſprit ?

LA PRINCESSE.

Je le crois (*le regardant*) mais . . . .

ARLEQUIN.

Ah morbleu ! elle jette la vûë ſur moi, n'allons pas nous faire aimer d'elle, cachons-nous.

LE PRINCE.

Vous ne me répondez point, divine Princeſſe ; ah ! ſongez que je me connois trop pour exiger de vous aucun retour ; mais votre generoſité, au défaut de votre tendreſſe, me doit un peu de conſolation ; dites-moi ſeulement que vous me plaignez.

AGATINE.

Vous ne pouvez lui refuſer cette legere ſatisfaction.

LE PRINCE.

Dites-moi que vous ſentez que je dois être le plus malheureux des hommes, puiſque je connois tout le prix de vos charmes, & qu'un malheur irréparable m'en interdit à jamais la poſſeſſion.

AGATINE.

N'êtes-vous pas touchée de ſon état ?

LA PRINCESSE.

Hélas oui !

A G A T I N E.

Dites-lui donc quelque chose qui le console.

L A P R I N C E S S E.

Seigneur , j'ai beaucoup de chagrin de vous voir comme cela.

L E P R I N C E.

Cette seule compassion me suffit , elle est pour moi d'un prix inestimable, puisque c'est Flore qui me l'accorde.

A R L E Q U I N.

Mon Maître se contente de peu.

L E P R I N C E.

Ajoûterez-vous à cette grace la permission de vous aimer toute ma vie ?

L A P R I N C E S S E.

Comme vous voudrez.

L E P R I N C E.

Et de vous voir quelquefois.

L A P R I N C E S S E.

Vous me verrez tant qu'il vous plaira , pourvû que je ne vous voye point.

A R L E Q U I N.

Cela est bien tendre !

A G A T I N E.

Sont-ce là les égards que vous devez à une personne de votre rang ? Vous l'offensez au moins.

L A P R I N C E S S E.

Hé-bien allons-nous-en.

L E P R I N C E.

Non Madame , vos rigueurs mêmes m'enchantent, votre présence en adoucit l'amertume ; dites-moi sans cesse que vous me haïssez , mais regardez-moi sans cesse en me le disant.

L A P R I N C E S S E.

Qu'est-ce que c'est que cette petite figure-là ?

L E P R I N C E.

Qui, Princesse ?

LA PRINCESSE.

Ce qui eſt à côté de vous.

ARLEQUIN.

Je ſuis perdu !

LE PRINCE.

C'eſt un de mes Domeſtiques.

LA PRINCESSE.

Qu'il eſt plaiſant ! faites-le approcher.

ARLEQUIN.

Sauve qui peut ?

LE PRINCE.

Pourquoi fuir ? viens ici , la Princeſſe te demande.

ARLEQUIN.

Laiſſez-moi , ne voyez-vous pas qu'elle m'aime.

LE PRINCE *le prend par le bras.*

Eh non , butord , vien donc.

ARLEQUIN.

Me voilà rival de mon Maître.

LA PRINCESSE.

Sçait-il faire quelque choſe?

ARLEQUIN.

Me prend-elle pour un barbet ?

LE PRINCE.

Tâche de la réjouir par quelques-unes de tes ſou-
pleſſes.

ARLEQUIN.

Vous vous moquez de moi.

LE PRINCE.

Allons donc maraud.

(*Arlequin fait ici pluſieurs lazzis autour de la Princeſſe,
qui rit.*)

LA PRINCESSE.

Il eſt tout-à-fait divertiſſant.

LE PRINCE.

Daignez l'accepter , je vous le donne. Tu as le bonheur d'appartenir à la Princeſſe.

ARLEQUIN.

Non pas , s'il vous plaît.

LE PRINCE.

Si je te vois réſiſter . . . .

ARLEQUIN.

Songez-vous bien à ce que vous faites ?

LE PRINCE.

Puis-je laiſſer échaper cette occaſion de lui être moins deſagréable, & qui me fournit le prétexte de la revoir ?

ARLEQUIN.

Miſerable victime !

LE PRINCE *prend Arlequin par la main.*

Puiſſe ce préſent ne vous point déplaire.

LA PRINCESSE.

Oh je ne veux rien de vous !

ARLEQUIN.

Je reſpire !

AGATINE.

Vous auriez pû le refuſer plus poliment.

LE PRINCE *à Arlequin.*

Va malheureux, ne te preſente jamais à mes yeux.

ARLEQUIN.

En voici bien d'un autre !

LE PRINCE.

Puiſque la Princeſſe te refuſe, je ne veux plus te revoir ; je te chaſſe.

ARLEQUIN.

Pardi vous vous moquez, il faut donc que vous vous chaſſiez vous-même. Ah ! Madame, priez mon Maître de me garder, c'eſt par raport à vous qu'il me donne mon congé.

LA PRINCESSE.

Ne renvoyez pas ce pauvre garçon. *A Agatine.* Madame je ſuis votre très-humble ſervante. *Elle ſort.*

LE PRINCE *la ſuivant.*

Puis-je eſperer, adorable Princeſſe...

AGATINE.

Ne la retenez pas davantage, avant que vous ayez un ſecond entretien, je vais tâcher de lui donner de vous des idées un peu moins déſavantageuſes.

LE PRINCE.

Genereuſe Agatine, vous n'y reüſſirez jamais.

AGATINE.

A vous dire le vrai, la choſe me paroît difficile; mais je vous dois des marques d'une protection déclarée, & je ne veux rien avoir à me reprocher. *Elle ſort.*

SCENE HUITIE'ME.

LE PRINCE, ARLEQUIN.

ARLEQUIN.

VOus venez de l'échapper belle, & moi auſſi; ſi la Princeſſe m'avoit gardé auprès d'elle, vous faiſiez là un joli coup ma foy.

LE PRINCE.

Quelle eſt belle!

ARLEQUIN.

Vous l'aimez donc toûjours malgré l'averſion qu'elle a pour vous, je ſerois un peu plus fier que cela?

LE PRINCE.

Je vais épier le moment de la revoir, elle vient de rentrer dans ſon Appartement, peut-être regardera-t'elle dans le Jardin, & j'aurai le plaiſir de la contempler, en me plaçant dans quelque endroit dont je ne pourrai être apperçû. *Il ſort.*

ARLEQUIN.

Tant mieux pour elle.

SCENE NEUVIE'ME.

ARLEQUIN *seul*.

JE ne fçai ce que cela fignifie, je viens de dîner ce qu'on appelle à fond, & cependant je me fens un apétit défordonné : ah maudite Fée, voilà de tes tours! Je n'aime pourtant perfonne qu'eft-ce que cela fait? je fuis aimé fans doute, quelque beauté foûpire en fecret pour moi & va me faire mourir de faim, qui pourroit-ce être? Je n'ai vû que la Princeffe.

SCENE DIXIE'ME.

SILVAINE, ARLEQUIN.

SILVAINE.
IL m'a plû, il s'agit de lui plaire. Bon jour aimable petit homme.

ARLEQUIN.
Ah morbleu! le ragoutant minois, mais pefte ne le regardons guéres.

SILVAINE.
J'ai des reproches à vous faire ; j'apartiens à la Fée Agatine, vous venez de me voir avec elle avant qu'elle entrât dans ces lieux, & je ne me fuis pas aperçûë que vous m'ayez remarquée. Regardez-moi, me trouvez-vous de votre goût.

ARLEQUIN.
Courage... non.

SILVAINE.
Non?

Aa·

ARLEQUIN.

Non.

SYLVAINE.

Vous êtes bien impoli, pour un joli homme.

ARLEQUIN.

C'eſt l'ordinaire ; de plus je ſuis franc, je ne ſaurois mentir, ni faire de complimens.

SYLVAINE.

J'en ſuis bien fâchée, car pour moi je vous trouve fort à mon gré.

ARLEQUIN.

Je le crois bien. Ah que je ſuis malheureux !

SYLVAINE.

Que vous êtes charmant !

ARLEQUIN.

Cela n'eſt pas vrai.

SYLVAINE.

Je me ſens bien des diſpoſitions à vous aimer.

ARLEQUIN.

Ne vous en aviſez pas ?

SYLVAINE.

Pourquoi ?

ARLEQUIN.

Parce que je ne veux pas être aimé, j'ai mes raiſons.

SYLVAINE.

Pourquoi le meritez-vous ? Puis-je vous refuſer mon cœur ?

ARLEQUIN.

Je ne vous le demande pas.

SYLVAINE.

N'importe, je vous le donne.

ARLEQUIN.

Et moi je vous le rends.

SYLVAINE.

Je ne puis le reprendre.

ARLEQUIN.

Me dit-elle vrai ? oui morbleu, la miſérable m'adore.

D

Je fens un apétit terrible , tâchons de la dégoûter de
moi.

SYLVAINE.

Tout me plaît en vous, vos geftes font les plus jolis
du monde , vos attitudes charmantes , les graces font
répanduës dans toute votre perfonne.

ARLEQUIN.

Oh! point du tout, je fuis le plus gauche animal
qu'il y ait fur terre. Voyez plutôt, (*il fe contrefait.*)

SYLVAINE.

Ah que toutes ces petites contorfions font remplies
de charmes !

ARLEQUIN.

Ah morbleu ! quand une femme eft une fois prévenuë pour un homme , tous fes défauts lui paroiffent
des perfections ; ma foi, voulez-vous que je vous parle
franchement , vous vous aveuglez fur mon compte ,
je fuis un malotru à l'exterieur , & l'interieur eft bien
pis. Je fuis jaloux, grondeur, j'affomme même quelquefois mes Maîtreffes.

SYLVAINE.

Eh que m'importe? tous les défauts que vous vous
reprochez me prouveront votre tendreffe , la jaloufie
eft inféparable de l'amour , & je ferois charmée que
vous m'aimaffiez affés pour me battre.

ARLEQUIN.

Ah chienne de Fée Bruyante !

SYLVAINE.

Mon amour s'augmente à chaque inftant.

ARLEQUIN.

Je m'en apperçois à mon eftomac.

SYLVAINE.

Je vous adore.

ARLEQUIN.

C'eft une rage, Madame, par pitié donnez-moi une
preuve de votre amour.

SYLVAINE.

Ah je le veux, quelle eſt-elle !

ARLEQUIN.

De me haïr à la folie !

SYLVAINE.

Qu'eſt-ce à dire?

ARLEQUIN.

Apprenez mon malheur, s'il me reſte encore aſſés de force pour vous en inſtruire, car je me ſens exte-nué ; il eſt écrit dans le Grimoire du Diable, qu'en cas que j'aime ou que je ſois aimé, je ſerai devoré d'une faim effroïable.

SYLVAINE.

Vous ne pouviez mieux tomber, je ſuis la Fée Syl-vaine, tous les Habitans des Forêts & des Plaines ſont à ma diſpoſition, & quelque dévorant que puiſ-ſe être votre appetit, un coup de baguette pourra le contenter.

ARLEQUIN.

Quoi! ſi j'avois envie de manger toute une garenne...

SYLVAINE.

Elle vous ſeroit preſentée ſur le champ, & acco-modée à toutes les ſauces.

ARLEQUIN.

Venez, que je vous embraſſe ; mais, que dis-je, j'obmettois la plus cruelle circonſtance ; tous les mets qu'on me préſentera doivent diſparoître quand je vou-drai y toucher.

SYLVAINE.

Et qui vous a donc accablé d'une ſi fatale diſgrace ?

ARLEQUIN *pleurant.*

La Fée Bruyante.

SYLVAINE.

Ah ! quel nom prononcez-vous ? il me fait trembler.

ARLEQUIN.

Je le crois bien.

S Y L V A I N E.

Je ne puis aller contre ſes ordres, car je ne ſuis que
Fée ſuivante, & il faut me réſoudre à vous perdre ;
adieu mon cher Arlequin.

A R L E Q U I N.

Ah m'en voilà débaraſſé ! vous ne m'aimez plus,
n'eſt-ce pas ?

S Y L V A I N E.

Plus que jamais, c'eſt pour cela que je déplore votre
perte ; comme je ne puis rompre le charme de la Fée
ni éteindre mon amour, vous allez mourir infaillible-
ment.

A R L E Q U I N.

Je ſuis déja mort. Comment vous ne pouvez pas
vous guérir de cette maudite tendreſſe ?

S Y L V A I N E.

Eh le moyen, puiſque vous me l'inſpirez ? Encore ſi
vous m'aimiez, je trouverois un eſpece de remede à
votre mal.

A R L E Q U I N.

Quoi ! je n'en mourrois pas ?

S Y L V A I N E.

Non, ſi vous m'aimiez, vous dis-je.

A R L E Q U I N.

Hé bien je vous aime.

S Y L V A I N E.

Et vous m'épouſerez ?

A R L E Q U I N.

Soit, cela ſeroit déja fait ſans mes craintes, car
vous m'avez paru d'abord appétiſſante. *A part.* Il faut
bien prendre ſon parti.

S Y L V A I N E.

Hé bien, j'ai, comme je vous l'ai dit, le pouvoir
de commander à tous les Animaux, je vous le com-
munique mon cher petit Epoux ; vous ne pourez en
manger d'aucun, je l'avoue ; mais vous aurez la faculté
de les attirer auprès de vous, d'ordonner à chaque

eſpece de crier ou de ramager, & les cris des uns & le ramage des autres, vous ſerviront d'une nourriture, legere à la verité, mais qui vous empêchera de tomber en défaillance ; adieu aimable Arlequin, je vais demander à la Fée Agatine ſon agrément pour notre mariage.

ARLEQUIN.

Mais attendez donc, je me dédis.

SYLVAINE.

Il n'eſt plus temps.

Elle ſort.

ARLEQUIN ſeul.

A-t'on jamais éprouvé un tel ſupplice ? vivre & ne point manger, maudit ſoit l'amour de mon Maître, de la Fée Silvaine, & de tous les Diables. Ouf, je ſuccombe ; eſſaïons du moins ſi le funeſte remede qu'on vient de m'enſeigner eſt ſalutaire, n'y a-t'il pas là quelque Roſſignol qui veuille me donner une Serénade, *(le Roſſignol chante.)* Ah, ah, ma faim diminuë ! Serain de Canarie à votre tour, *(il chante)* à merveille. Allouette ma mie, ſervez le déſert, *(elle chante).* Je mangerois bien une Caille à la crapaudine, *(la Caille chante).* Ma foi en voilà aſſez, reſtons ſur notre appétit.

Fin du premier Acte.

ACTE SECOND.

SCENE PREMIERE.

AGATINE, LE PRINCE.

AGATINE.

HE bien, Prince quelle eſt votre réſolution ?

LE PRINCE.

Je n'en ſaurois prendre aucune, Madame, mon ſort
eſt d'aimer la Princeſſe, d'en être haï & de mourir de
douleur ; je viens d'en être convaincu par cette ſecon-
de entrevûë, je lui ai inſpiré la même horreur qu'à la
premiere, je voudrois lui épargner le chagrin que ma
vûë lui cauſe, mais je ne puis me priver du plaiſir
de la voir ; la raiſon m'exile de ces lieux, l'amour m'y
retient, & de quelque côté que je me détermine, le
déſeſpoir ou l'abſence me mettra au tombeau.

AGATINE.

Comment, un Prince que j'ai doué moi-même à
ſa naiſſance, qui eſt ſûr de ma protection, ſe laiſſe
abattre du premier coup ! le moindre obſtacle le dé-
concerte, il n'y trouve d'autre remede que la mort !

LE PRINCE.

En eſt-il quelqu'autre, Madame ? puis-je eſperer,
foible mortel, de détruire un pouvoir même au-deſſus
du vôtre ? puis-je me flatter, tel que je ſuis, de plaire
à une Princeſſe prévenuë pour un Rival en faveur de
qui tout conſpire, ce ſeroit pouſſer trop loin la témé-
rité.

AGATINE.

J'ai douté moi-même de la réuſſite de votre projet ;
mais un raïon d'eſpérance me luit. Bruyante eſt mon
ancienne, je le ſçai ; je ne puis rompre le charme
qu'elle a fait, mais vous le pouvez vous ſans
emploïer d'effort ſurnaturel ; tâchez à plaire tel
que vous êtes, vous avez un Rival parfaitement
beau, mais il n'a pour lui que l'exterieur, ce ne ſont
que des traits auſquels on s'accoûtume, à la fin ils ne
font plus d'impreſſion ; vous avez à leur oppoſer des
penſées & des ſentimens, la beauté frape les yeux,
mais l'eſprit touche le cœur, ſervez-vous de vos avantages, entretenez ſouvent la Princeſſe, on s'ennuye
de voir un objet quelque beau qu'il ſoit, mais on ne
ſe laſſe pas d'entendre un homme qui penſe & s'exprime bien.

LE PRINCE.

Ah ! Madame, j'éprouve le contraire de ce que vous
me dites, j'idolâtre la Princeſſe, qui aſſurément n'eſt
pas ſpirituelle, & je ſuis perſuadé qu'elle aime mon
rival, quoiqu'il n'ait pas d'eſprit.

AGATINE.

Votre reflexion eſt mal fondée, & vous meritez que
je vous diſe que les hommes ne courent qu'après la
beauté, & que la plûpart des femmes ne ſe rendent
qu'au mérite, que cela ne vous humilie point ; on fait
onſiſter notre gloire dans nos appas, la vôtre réſide
dans vos vertus, & la vanité nous porte les uns & les
autres à faire un choix qui nous faſſe honneur.

LE PRINCE.

Hé ! Madame, Flore eſt-elle en état de faire les
moindres diſtinctions ? elle aime mon rival, parce
qu'il eſt d'une jolie figure, la portée de ſa vûë ne
s'étend pas plus loin.

AGATINE.

Non, elle ſe plaît à le voir, c'eſt goût, & non pas
amour. Le cœur de Flore n'eſt pas encore touché, il

n'a que des préjugés , & pour les détruire il ne faudroit que lui faire fentir le ridicule de votre Rival.

L E　P R I N C E.

Hé-bien je n'ai qu'à lui donner de l'efprit , grace à
vos bontés j'en ai le pouvoir.

A G A T I N E.

C'étoit mon idée.

L E　P R I N C E.

Mais que dis-je ? quand l'efprit que je lui donnerai
lui feroit haïr mon Rival, lui défillera-t'il la vûë ? lui
en paroîtrai-je moins horrible ? N'importe, j'aurai le
plaifir de la rendre parfaite , & j'ai à me reprocher de
lui avoir fait ce don trop tard.

A G A T I N E.

Ce fentiment eft généreux, il peut même tourner à
votre avantage , l'efprit dévelope & remue les paffions,
il ne s'agit que de les mettre en mouvement chez elle,
& quand vous n'auriez alors que la reffource du caprice, ce feroit toûjours une efperance affez bien fondée ; cependant, Prince, ne lui donnez de l'efprit que
par degrés.

L E　P R I N C E.

Pourquoi, Madame ?

A G A T I N E.

Il faut fçavoir comme il agira chez elle, les plus
jolies femmes ne font pas celles qui fe piquent le plus
de reconnoiffance, mettez à profit le pouvoir dont je
vous ai doué, & ne vous en fervez que fuivant les
effets que vous lui verrez produire.

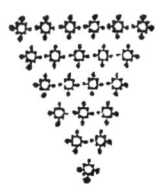

SCENE

SCENE DEUXIE'ME.

AGATINE, LA PRINCESSE, LE PRINCE, ARLEQUIN.

ARLEQUIN.

SEigneur, voici la Princeſſe.

AGATINE *au Prince.*

Retirez-vous un moment à l'écart, laiſſez-moi la faire parler pour juger de l'uſage qu'elle fait de votre préſent. Il ſemble qu'elle rêve. Qu'avez-vous, belle Princeſſe ?

LA PRINCESSE.

J'ai du chagrin, Madame.

AGATINE.

Du chagrin ? & qui peut vous le cauſer ?

LA PRINCESSE.

Je viens de me ſouvenir de quelque choſe qui me fâche ; j'ai peur d'avoir mal parlé tantôt, & d'avoir fait de la peine à quelqu'un.

AGATINE.

A qui ? au Prince Liſandre ?

LA PRINCESSE.

Oh non, ce n'eſt pas à lui, car je lui dis toûjours qu'il eſt beau & cela ne l'offenſe pas ; mais c'eſt à cet autre Prince que vous m'avez amené, je lui ai reproché qu'il étoit laid, & cela n'étoit pas bien, n'eſt-ce pas Madame ?

AGATINE.

Il eſt vrai que le compliment n'eſt pas flatteur.

LA PRINCESSE.

Pourquoi auſſi me l'avez-vous préſenté, eſt-il bien en colere ?

E

AGATINE.

En colere, non ; mais il a été très-mortifié ; quoiqu'un défaut soit remarquable, il est toûjours fâcheux de se l'entendre reprocher.

LA PRINCESSE.

Vous avez raison, mais cela m'est échappé, je n'en ai pas été la maîtresse, il m'a paru affreux.

AGATINE.

Je conviens avec vous qu'il est laid, mais avouez en récompense qu'il a de l'esprit & qu'il parle bien.

LA PRINCESSE.

Oui, je me rappelle présentement son discours, il étoit très-bien tourné.

AGATINE.

Tenez, le voici, vous pouvez réparer par une reception plus favorable l'accueil que vous vous reprochez. Il n'ose vous aborder, voulez-vous que je l'appelle ?

LA PRINCESSE.

Je voudrois lui faire des excuses, mais je voudrois ne le pas voir.

AGATINE.

Ne le regardez pas, écoutez-le seulement. Approchez, Seigneur, la Princesse a de l'inquiétude, tâchez de la dissiper. Tout va bien, elle est fâchée de vous avoir mal reçû. *(à part.)*

LE PRINCE.

De l'inquiétude ! & qui peut vous la causer, Madame ? tout est fait pour vous servir & vous adorer, je ne vois que le seul chagrin de faire des malheureux qui puisse troubler votre tranquilité.

ARLEQUIN.

Si la Princesse veut que je la divertisse par quelques culebutes, elle n'a qu'à commander.

LA PRINCESSE.

Non, elles ne seroient plus de mon goût.

ARLEQUIN.

C'est tout ce que je sçai faire ; si j'avois l'esprit de

mon Maître, je vous amuſerois par quelque conte de ma Mere l'Oye.

LA PRINCESSE.

Eſt-ce que votre Maître ſçait faire des contes?

ARLEQUIN.

Oui, Madame, des contes à dormir debout.

LE PRINCE.

Que vas-tu lui dire?

LA PRINCESSE.

Je ſerois charmée d'en entendre.

LE PRINCE.

Voi à quoi tu m'expoſes!

ARLEQUIN.

Vous m'avez fait tantôt danſer pour la Princeſſe, je prens ma revanche.

AGATINE.

Parlez, Seigneur, la Princeſſe vous écoutera avec plaiſir.

LE PRINCE.

Je ne ſçai point de contes, c'eſt ce maraud...

ARLEQUIN.

Faites-en un, cela n'eſt pas ſi difficile. (à part.) Ah! vous m'avez fait danſer.

LA PRINCESSE.

J'écoute.

ARLEQUIN.

Il y avoit une fois...

LE PRINCE.

Tai-toi?

ARLEQUIN.

C'eſt par-là que cela commence.

LE PRINCE.

La plus belle Princeſſe de l'Univers, (Flore n'én faiſoit pas encore l'ornement.) La plus belle Princeſſe de l'Univers étoit menacée de cauſer la mort au plus tendre & au plus fidele de tous les Amans.

LA PRINCESSE.

Elle étoit bien malheureuſe.

LE PRINCE.

Dans le nombre infini d'Adorateurs que ſes charmes lui attirerent , il ſe trouva un Prince ſi éperdue-
ment amoureux d'elle, qu'il ſentit aux mouvemens de
ſon cœur, que c'étoit ſur lui que la prédiction devoit
tomber ; oui , diſoit-il en lui-même , c'eſt moi, belle
Princeſſe , qui dois être votre victime ; mais la mort
que vous me préparez me ſera chere , puiſqu'elle doit
vous prouver que , de tous vos Amans , je ſuis le plus
tendre & le plus fidele.

LA PRINCESSE.

Ah! que ce Prince avoit de délicateſſe.

ARLEQUIN.

Pas tant que de bêtiſe.

LE PRINCE.

Rien ne put l'empêcher de courir au péril qui le
menaçoit. Il arriva à la Cour de la Princeſſe , fut in-
troduit chez elle , mais le premier regard qu'elle jetta
ſur lui le changea en un Oiſeau d'une figure affreuſe.

ARLEQUIN.

En Hibou ?

LA PRINCESSE.

Ah , Ciel !

LE PRINCE.

L'Oiſeau infortuné s'envola par les fenêtres , & alla
cacher dans le fond d'un bois ſa honte , ſon déſeſpoir
& ſa diſgrace ; la Princeſſe fut frappée de ce prodige.

LA PRINCESSE.

Je le crois bien.

ARLEQUIN.

Et moi auſſi.

LE PRINCE.

La plus ſombre mélancolie s'empara de ſes eſprits ;
deux jours après cet évenement , étant aſſiſe ſous

un Cabinet de verdure , elle entendit se plaindre & soûpirer, sans voir personne.

LA PRINCESSE.

Ah! c'étoit le Prince Hibou , je gage.

LE PRINCE.

Lui-même , Madame , elle s'effraïa ; rassurez - vous ; divine Princesse , lui dit l'Oiseau , je suis le Prince dont vous avez causé la métamorphose , le plus passionné de vos Amans doit mourir au bout de trois jours après avoir éprouvé ce sort , & ce n'étoit que sur moi qu'il devoit tomber.

ARLEQUIN.

Belle préférence !

LE PRINCE.

Tu ne te tairas pas ! La Princesse se sentit touchée de pitié & lui demanda s'il n'y avoit point de remede à sa triste situation. Il en est un , répondit le Prince.

LA PRINCESSE.

Et quel est ce remede ?

LE PRINCE.

C'est de m'aimer , belle Princesse ; la Fée qui me poursuit doit me rendre la vie & ma figure naturelle à cette condition , parce que la cruelle croit la chose impossible. Je n'ai plus qu'un jour à respirer , voïez si vous pouvez vous faire cet effort , ma destinée est entre vos mains.

LA PRINCESSE.

Elle l'aima , sans doute ?

LE PRINCE.

L'auriez-vous aimé , Madame ?

LA PRINCESSE.

Les malheureux ont un grand ascendant sur les cœurs compatissans , & je crois que je ne saurois refuser la pitié la plus tendre à un Prince que j'aurois mis en cet état.

LE PRINCE.

Ah ! Madame , suivez ces généreux sentimens , c'est

mon hiſtoire que je viens de vous raconter.

ARLEQUIN.

C'eſt le Hibou.

AGATINE.

Oui, Flore, je vous expliquerai ce myſtere. Mais voici Liſandre.

ARLEQUIN.

Ecoutez auſſi la mienne ; un pauvre malheureux qui mouroit de faim . . .

SCENE TROISIE'ME.

AGATINE, LA PRINCESSE, LISANDRE, LE PRINCE, ARLEQUIN.

LISANDRE.

ME voilà.

LA PRINCESSE.

Ah ! Liſandre, vous avez grand tort d'être venu ſi tard.

LISANDRE.

Ah ! vraiment, vous ne ſçavez pas ce que c'eſt que de dénicher des Pies ; elles ſont ſi hautes, ſi hautes, mais je n'ai pas été aſſés ſot pour me caſſer le cou.

LA PRINCESSE.

Vous avez fort-bien fait.

ARLEQUIN.

Il n'y auroit pas eu grand mal ?

LISANDRE.

Si vous voulez y aller, vous les attraperez peut-être, car vous êtes plus allerte que moi.

ARLEQUIN.

L'Original !

LISANDRE.

Qui eſt cet homme là ?

ARLEQUIN.

Comment ! cet homme là, c'eſt mon Maître.

LE PRINCE.

Seigneur, c'eſt un Prince qui eſt épris des beautés de la charmante Flore, & qui vous la diſputeroit au péril de votre vie ou de la ſienne, s'il ne reſpectoit, juſques dans ſon Rival même, la Maîtreſſe qu'il adore.

LISANDRE.

Ah ! ah ! ma Tante m'a parlé de vous. Elle m'a dit que vous étiez amoureux de ma femme, mais que je n'avois rien à craindre.

LA PRINCESSE.

Il me paroît bien borné.

AGATINE.

Il y a long-tems que je m'en apperçois, & vous ?

LA PRINCESSE.

Hélas ! ce n'eſt que depuis tout-à-l'heure. Avez-vous penſé à moi, Liſandre ?

LISANDRE.

A mille choſes.

LE PRINCE.

Quoi ! Prince, votre eſprit peut-il s'occuper d'autre choſe que de Flore ? Votre bonheur prochain, & ſur-tout ſes charmes ne doivent-ils pas remplir toutes vos idées ? Quoi ! vous pouvez être à la veille de la poſſé-der ſans mourir de plaiſir ? Chaque inſtant de cette journée ne redouble pas vos déſirs & votre impatien-ce ? Ce n'eſt point à ſes genoux que vous attendez le moment de recevoir ſa main ? Ah ! Flore, pardonnez-moi ces reproches, mais je n'ai pû les étouffer dans mon ame, & mon Rival m'offenſe moins en vous aimant, que par l'outrage qu'il vous fait en vous ai-mant ſi mal.

AGATINE.

Il me femble que vous le regardez avec moins de
répugnance ?

LA PRINCESSE.

Lorfqu'il parle, il fait prefque oublier qu'on le
voit.

LISANDRE.

Hé dequoi fe mêfle-il donc ? eft-ce que cela le regarde ?

LA PRINCESSE.

Pourquoi Lifandre n'a-t'il pas l'efprit de l'autre ?

AGATINE.

Ah ! Princeffe, vous feriez trop heureufe.

LISANDRE.

C'eft que je n'aime pas qu'on m'obftine moi, & je
vais m'en plaindre à ma Tante.

LA PRINCESSE.

Non, Lifandre, foyez généreux ; c'eft bien affés
pour ce Prince d'être fi mal traité de la nature & de
l'amour, fans que Bruyante ajoûte à fes difgraces.

LISANDRE.

Voilà donc comme vous fæites ?

LA PRINCESSE.

Je le dois, & d'ailleurs il ne vous a point offenfé,
& il feroit à fouhaiter pour vous & pour moi que
vous profitaffiez de fes Leçons !

LISANDRE.

Bon, bon, c'eft un babillard qui m'ennuïe, & je
m'en vais auffi me plaindre de vous tout d'un tems,
là !

ARLEQUIN.

Oh la bête !

SCENE

SCENE QUATRIE'ME.

AGATINE, LA PRINCESSE,
LE PRINCE, ARLEQUIN.

LE PRINCE.

QUoi! Madame, vous venez de vous interesser pour moi. Ah! malgré tout ce que j'avois lieu d'attendre de votre générosité, son effet me transporte, souffrez qu'à vos pieds . . .

LA PRINCESSE.

Prince, songez que cette action que vous venez de conseiller à votre Rival ne seroit permise qu'à lui-même & que vous ne devez pas pousser si loin la reconnoissance d'un bienfait qui ne vous marque que de l'estime.

LE PRINCE.

Hé! Madame, ce n'est point mon orgueil qui agit, c'est ma passion, la moindre marque de vos bontés me met hors de moi-même. Croyez-vous pouvoir accorder une grace qui n'ait tout le prix d'une faveur?

LA PRINCESSE.

Partez, Prince, que la Fée ne vous trouve point ici.

LE PRINCE.

Un Amant que vous enflâmez ne redoute aucun pouvoir, il ne peut craindre que votre colere ou votre absence.

LA PRINCESSE.

Craignez mon ressentiment, si vous n'obéissez, votre amour, tout respectueux qu'il est, donne atteinte à ma gloire, songez que je dois épouser Lisandre.

F.

A G A T I N E.

Redoublez la doze d'efprit, elle ne fera peut-être pas fi fcrupuleufe.

LE PRINCE.

Madame, vous venez de me frapper d'un coup de foudre, mon amour offenfe votre gloire ? Ah ! fa pureté feule m'a donné la hardieffe de vous en faire l'aveu ; c'en eft fait, vous me privez de votre préfence. J'aurois refpiré jufqu'au moment de votre mariage, mais vous ordonnez que je meure fur le champ, vous allez être obéie.

A R L E Q U I N.

Oui, il va mourir, entendez-vous ?

A G A T I N E.

Ne prenez ce parti qu'à la derniere extrêmité, au moins laiffez-moi faire. *Ils fortent.*

SCENE CINQUIE'ME.

AGATINE, LA PRINCESSE.

A G A T I N E.

QU'avez-vous, Flore ?

LA PRINCESSE.

Ce Prince va donc mourir ?

A G A T I N E.

Un Amant paffionné qui perd ce qu'il aime, n'a point d'autre recours.

LA PRINCESSE.

Je fuis au défefpoir de l'avoir vû, puifque je fuis la caufe de fon infortune.

A G A T I N E *à part.*

Bon, l'efprit fait naître les fentimens.

LA PRINCESSE.

Ma pitié sincere le dédommage bien de la tendresse que je ne puis avoir pour lui.

AGATINE.

Ne le croyez pas, l'amour seul peut récompenser l'Amant.

LA PRINCESSE.

Mais, Madame, ne vous appercevez-vous pas du changement qui s'est fait en moi depuis quelques momens? je pense, je m'exprime. Il me semble que ce n'est que d'aujourd'hui que je commence à vivre. Mon esprit n'étoit jusqu'ici qu'un cahos, les idées s'y débrouillent, s'y éclaircissent; d'où peut naître cette nouveauté?

AGATINE.

Voulez-vous que je vous dise à qui vous la devez? A votre Amant.

LA PRINCESSE.

A Lisandre?

AGATINE.

Lui, vous donner de l'esprit? Cela seroit assez extraordinaire. C'est son Rival à qui vous en avez l'obligation.

LA PRINCESSE.

Quoi! c'est de l'esprit que j'ai, & c'est le Prince qui me l'a donné!

AGATINE.

Lui-même.

LA PRINCESSE.

Le pauvre Prince! Et ne pourrois-je pas en avoir davantage?

AGATINE.

Il faut qu'il vous en ait donné beaucoup, puisque vous en souhaitez encore. Vous vous êtes fait des présens bien differens, il a reçû de vous un amour qui lui cause la mort, & vous tenez de lui une lumiere qui vous donne la vie.

F ij

LA PRINCESSE.

Que je fuis fâchée qu'il foit fi laid !

AGATINE.

Cette excufe ne vous convient plus , belle Flore ;
ce n'eft point à la figure que l'efprit s'attache.

LA PRINCESSE.

Je n'en ai donc pas beaucoup , car celle de Lifandre
me plaît.

AGATINE.

Vous ferez fatisfaite , vous l'époufez ce foir.

LA PRINCESSE.

Vous me faites trembler ! Avez-vous remarqué combien il eft ftupide ?

AGATINE.

Que trop , & je me fuis même apperçuë qu'il ne
vous échappoit pas.

LA PRINCESSE.

Sa Perfonne a infiniment perdu à cet examen , &
la petiteffe de fon génie dépare en lui cet aimable ex-
térieur qu'il tient de la nature.

AGATINE.

Mais vous l'aimez , & l'amour paffe fur tous les
défauts.

LA PRINCESSE.

Je ne l'aime point affés pour lui paffer ceux de
l'efprit, & je ne le regarde plus que comme une belle
Statuë.

SCENE SIXIE'ME.

BRUYANTE, AGATINE, LA PRINCESSE.

BRUYANTE.

COmment , je ne vois point ici le Prince ! Lifandre vient de me dire qu'il étoit avec vous.

LA PRINCESSE.

Il nous a quitté, Madame.

BRUYANTE.

Je venois le remercier des conseils qu'il a donnés à mon Neveu.

LA PRINCESSE.

Je ne le crois guéres en état de les suivre.

BRUYANTE.

Qu'est-ce à dire ? Ce Prince vous a gâté l'esprit. Je vous défends de le voir davantage, & je vais lui interdire l'approche de ce Palais.

LA PRINCESSE.

Eh ! Madame.

BRUYANTE.

Pour vous, soyez prête à épouser mon Neveu dans deux heures.

LA PRINCESSE.

Pourquoi précipiter si fort ce mariage ?

BRUYANTE.

Pourquoi ? Vous ne faisiez point ces questions-là tantôt. Obéissez, vous dis-je.

LA PRINCESSE.

Mais, Madame, ma foi ne dépend-elle pas de ma volonté ?

BRUYANTE.

Quand cela seroit, ne l'avez-vous pas donnée à Lisandre ? Agatine, vous vous interessez pour cet horrible Prince ; mais vous sçavez aussi ce qu'il en coûte quand on ose traverser mes volontés.

AGATINE.

Je vous assûre, Madame...

BRUYANTE.

Que leurs effets ne trouvent plus d'obstacles si vous ne voulez toutes deux être accablées du poids de ma vengeance ; mais je ne l'exercerai sur vous qu'après l'avoir fait tomber sur mon ennemi mortel. Ah ! que je me repens de l'avoir fait venir en ces lieux ! Songez que vous n'avez que deux heures pour vous déterminer. *Elle fort.*

LA PRINCESSE.

Hélas ! le Prince l'a prévenuë , il eft peut - être déja mort !

SCENE SEPTIE'ME.

AGATINE, LA PRINCESSE, ARLEQUIN.

ARLEQUIN.

AH ! Madame la Fée , venez fecourir mon Maître, il eft dans un état pitoïable , étendu fans connoiffance fur un gazon , & fon épée tirée à côté de lui.

LA PRINCESSE.

Comment , il s'eft tué !

ARLEQUIN.

Non , il faut qu'il n'en ait pas eû la force , car je n'ai point vû de fang.

LA PRINCESSE.

Va vîte le faire revenir , & dis-luï de ma part qu'il vienne ici fur le champ.

ARLEQUIN.

Il faudra donc que je vous l'apporte , & il eft diablement lourd.

LA PRINCESSE.

Va fans perdre de temps.

AGATINE.

Fais-lui refpirer de cet efprit , & prononce le nom de Flore , ce fera pour lui le meilleur fpecifique.

ARLEQUIN.

Je fuis plus foible que lui. Oh miférable appétit que je ne faurois fatisfaire que par les oreilles !

Il fort.

SCENE HUITIE'ME.

AGATINE, LA PRINCESSE.

AGATINE.

QUel est votre dessein en faisant venir ici le Prince ?
voulez-vous l'engager dans le péril le plus affreux ?

LA PRINCESSE.

Non, Madame, c'est pour l'en retirer au contraire,
je veux le confier à vos soins, vous faciliterez sa retraite, je lui dois une preuve de la plus vive reconnoiffance, croyez-vous que j'aye oublié le service qu'il m'a
rendu ? je veux lui dire adieu, & l'assurer que si je ne
l'aime pas, je voudrois l'aimer, du moins.

AGATINE.

Il ne tiendroit peut-être qu'à vous, & si vous
l'aimiez, vous auriez le pouvoir de lui donner la plus
belle figure du monde.

LA PRINCESSE.

Ah! je n'ai pas le loisir de m'examiner, la tirannie
de Bruyante vient de me mettre dans la situation la
plus douloureuse, elle a entiérement détruit le peu de
prévention que j'avois pour son Neveu, cet Himen me
paroît un supplice, elle a fait naître en même tems
dans mon cœur la pitié la plus sensible pour celui qu'elle
persecute si injustement ; Prince trop genereux, pourquoi suis-je la source de tes malheurs ? pourquoi m'as-
tu vûe ? quelle puissance fatale t'a conduit dans ces
lieux ?

AGATINE.

Vous le plaindrez bien davantage quand vous sau-
rez que c'est Bruyante qui lui a fait tenir votre portrait pour le faire servir à la haine qu'elle a pour ce

Prince, & que fi-tôt qu'elle a fçû qu'il vous aimoit, elle l'a attiré ici par fes enchantemens, afin de jouir du défefpoir où vos rigueurs devoient le jetter.

LA PRINCESSE.

Quelle barbarie !

AGATINE.

C'eft elle auffi qu'il l'a doué du don funefte de paroître affreux à toutes celles qu'il aimera.

LA PRINCESSE.

Et c'eft moi qu'elle a choifi pour l'inftrument de fa colere ; ah ! la mienne s'allume par une fi cruelle injuftice : oui, je voudrois pouvoir aimer le Prince, adoucir la rigueur de fon fort, ou la partager avec lui.

AGATINE.

Ma chere Flore, que vous êtes eftimable ! que le préfent que l'on vous a fait doit vous être précieux ! l'efprit dont le Prince vous a doué, a trouvé en vous le plus riche naturel du monde ; fçachez que la pitié & la reconnoiffance font les plus belles qualités de l'ame, & vous poffedez ces vertus au fuprême degré ; qu'il eût été dommage qu'on n'eût point donné d'effor à un pareil caractére.

LA PRINCESSE.

Lifandre me devient odieux, qu'il fe garde de paroître à ma vûe ; mais pourquoi le Prince ne vient-il pas, Bruyante l'auroit-elle rencontré ?

AGATINE.

Non, mon pouvoir, quoiqu'au deffous du fien, peut le dérober à fa fureur pour quelques inftans ; ne craignez rien, le voici.

LA PRINCESSE.

Qu'il paroît abattu !

SCENE

SCENE NEUVIE'ME.

AGATINE, LA PRINCESSE, LE PRINCE, ARLEQUIN.

ARLEQUIN.

MA foi, Seigneur, je n'en puis plus.

LE PRINCE.

Madame, fi j'en crois ce Domeftique, c'eft en obéïffant à vos ordres que je me rends ici.

LA PRINCESSE.

Oui, Prince, c'eft à vous que je dois les lumieres & les vertus que je me flate de poffeder, & c'eft en votre faveur qu'il faut auffi qu'elles éclatent. Votre Ecoliere ne vous fera point rougir ; il eft bien jufte que vous recuëilliez le fruit de votre générofité. Quoi ! en échange des rigueurs & même de l'antipathie que je vous ai montrée, vous avez pour moi l'amour le plus vertueux & le plus défintereffé, j'en reçois des marques par des préfens ineftimables que les Dieux m'avoient refufés, vous me tirez des ténebres où le fort m'avoit plongée ; que ne fuis-je affés heureufe pour égaler ma reconnoiffance à vos bienfaits ? Croïez du moins que je le fouhaite, & partez de ces terribles lieux, affûré de ma plus tendre eftime. Je vous jure de ne faire jamais de vœux que pour vous ; que toutes mes penfées, que toutes mes actions n'auront jamais en vûë que mon généreux bienfaicteur.

LE PRINCE.

Ah ! Madame, quels bienfaits peuvent mériter une pareille récompenfe ! Je viens de voir Flore animée du plus charmant tranfport ; je ne fçai fi ceux que l'amour produit peuvent être exprimés avec plus de

G

forces & plus de graces ; & si je n'étois assuré que je ne
puis être aimé , ce moment auroit été capable de faire
naître mon espérance. Je suis trop satisfait, ne croïez pas
cependant me ramener à la vie, je me l'arrachois tout-à-
l'heure , lorsque vos ordres ont suspendu ma perte.
Je vous avois laissé dans ce dernier moment tout l'esprit que cette divine Fée m'avoit mis en pouvoir de
vous donner , vous avez voulu me faire jouir de toute
la gloire dont me comble un si bel ouvrage , il a passé
mon attente ; adieu , Madame , je vais m'éloigner d'ici
pour dérober à vos yeux la fin malheureuse que je me
prépare , & vous cacher un spectacle que la bonté de
votre cœur vous rendroit trop douloureux.

A G A T I N E à Flore.

Je suis charmée de vous voir attendrie.

LA PRINCESSE.

Prince, je veux que vous me promettiez de vivre ,
que vous me le juriez par moi-même , ou j'atteste ici
le Ciel , que votre mort sera suivie de la mienne.

LE PRINCE.

Princesse, remplissez votre brillante destinée , l'heure de votre hymen approche ; que ne puis-je , pour
vous rendre parfaitement heureuse , faire passer dans
le cœur de mon Rival tout l'amour que je sens pour
vous !

LA PRINCESSE.

Non, rien ne sauroit me contraindre à recevoir la
main de Lisandre. Vous dirai-je plus , ne craignez
aucun Rival, je renonce pour jamais au joug de l'hymen ; mon cœur est rempli des sentimens qu'il a
pour vous , il n'en peut souffrir d'autres ; l'amour le
dégraderoit s'il y mêloit ses foiblesses : adieu , vivez
surtout , ou craignez que je n'accomplisse la menace
que je vous ai faite.

A G A T I N E.

Je crois qu'elle aime.

LE PRINCE.

Vous me facrifiez mon Rival ; ah ! Flore, achevez mon bonheur, permettez-moi de vous rendre des foins. Je ne défefpere plus de vous attendrir un jour , la réconnoiffance difpofe un cœur généreux à la tendreffe, ma difformité ceffera fi vous daignez le fouhaiter.

ARLEQUIN.

Oui , Madame , il ne tient qu'à vous de le rendre beau comme l'amour , vous feriez-là une belle cure.

LE PRINCE.

Songez que c'eft en vain que vous voudrez vous fouftraire à la tirannie de Bruyante , vous ferez ici en bute à fes perfécutions ; demandons un azile à Madame, où nous foïons à couvert des violences de notre ennemie , dérobons-nous de ce Palais.

ARLEQUIN.

Oui , fortons au plus vîte.

LE PRINCE.

Nous n'avons qu'un chemin très-court à faire pour fortir des lieux de fa domination.

AGATINE.

Je ne vous réponds pas que la fuite de Flore ne foit interrompuë par bien des accidens.

LA PRINCESSE.

Je le vois , vous craignez que Lifandre ne m'obtienne , banniffez cette fraïeur , & jugez mieux d'une ame qui vous doit fa fermeté & fa conftance ; l'une & l'autre lafferont l'injuftice & les cruautés de la Fée. Mais je tremble à tout moment qu'elle ne nous trouve enfemble. Agatine , prenez fur vous le foin de fon départ , & furtout celui de fa vie. Adieu , Prince , baifez cette main , qui voudroit vous combler d'autant de bonheur que vous poffedez de vertus.

LE PRINCE.

Madame . . .

LA PRINCESSE.

Ne me retenez pas davantage. *Elle fort.*

G ij

ARLEQUIN.

Enfin nous allons donc partir.

SCENE DIXIE'ME.

AGATINE , LE PRINCE , ARLEQUIN.

AGATINE.

PRince , vous êtes aimé.

LE PRINCE.

Moi , Madame !

AGATINE.

L'Amour a parlé sous le nom de la reconnoissance ;
j'ai vû de véritables inquiétudes , j'ai entendu des
soûpirs , je n'en doute presque plus , Flore est sensible.

ARLEQUIN.

Et cela nous fera-il rester ?

AGATINE.

Elle vous a caché une partie de ce qu'elle ressent.
Mais dans la conversation que j'ai euë avec elle , je
me suis apperçuë de son amour , elle a même repeté
deux fois qu'elle voudroit vous aimer , & ce sont de ces
choses qu'on ne souhaite pas si ardemment sans les
ressentir.

LE PRINCE.

Mais elle vient de me dire un dernier adieu , & n'a
point approuvé la proposition que je lui ai faite de
partir avec moi sous vos auspices.

ARLEQUIN.

Non , non , Madame , mon Maître ne plaît point.

AGATINE.

Peut-être l'auroit - elle acceptée pour se dérober à
Lisandre , si elle ne vous eut aimé , l'esprit fait prendre de fortes résolutions , mais il est susceptible de

grandes craintes ; elle s'eſt imaginé que cette dé-
marche diminuëroit l'eſtime que vous avez pour elle ,
& je ſuis ſûre que votre eſtime lui eſt encore plus
chere que votre amour.

LE PRINCE.

Mais ſuppoſons que le bonheur dont vous me flat-
tez fût véritable , que puis-je faire pour en profiter ?

AGATINE.

Il eſt vrai qu'il ſera cruellement traverſé ; mais
avant de prendre aucunes meſures , aſſûrons-nous des
ſentimens de Flore , ſçachons , à n'en point douter , ſi
elle vous aime comme je le ſoupçonne ; vous pouvez
reſter encore dans ce Palais , mais n'y parlez point à
la Princeſſe ; ſi Bruyante vous y rencontre , vous lui
direz que vous attendiez ſes ordres pour en partir , &
vous viendrez me retrouver , Flore ſe déterminera
peut-être ; & ſi je vois quelque jour à votre felicité
commune , croïez que je n'épargnerai rien pour vous
la procurer.

Elle ſort.

ARLEQUIN.

Ah ! nous ne partons plus.

LE PRINCE.

Flore , me ſeroit-il permis d'aſpirer à un cœur
comme le votre ? Suis moi. *Il ſort.*

SCENE ONZIE'ME.

SILVAINE , ARLEQUIN.

SYLVAINE *arrêtant Arlequin.*

NOn pas, s'il vous plaît, Monſieur Arlequin, nous
avons enſemble un petit démêlé que je ſuis bien
aiſe de finir.

ARLEQUIN.

Ah ! voilà le Médecin qui me fait faire diéte.

SYLVAINE.

Monfieur fe fouvient-il qu'il m'a promis de m'époufer ?

ARLEQUIN.

Madame fe fouvient-elle que j'ai retiré ma parole ?

SYLVAINE.

Retiré ta parole ! crois-tu m'abufer comme une fim-
ple mortelle ?

ARLEQUIN.

Moi ! je ne vous ai point abufée, s'il vous plaît.

SYLVAINE.

Il y a longtemps que je guétois le moment de te parler tête à tête.

ARLEQUIN.

Je fuis bien fâché que vous l'ayez trouvé.

SYLVAINE.

La Fée Agatine eft inftruite de ta recherche, elle
confent à ton bonheur.

ARLEQUIN.

Je ne veux point me marier, vous dis-je ; eh ! par pitié laiffez-moi en repos, guériffez-vous de ce maudit
amour qui me met aux abois, que diable voulez-vous
faire de moi ? avant qu'il foit deux jours je ferai tranf-
parent.

SYLVAINE.

L'Animal, qui ne voit pas que je l'époufe pour rompre le charme de la Fée Bruyante.

ARLEQUIN.

Comment !

SYLVAINE.

Vraiment oui, c'eft mon amour qui te caufe l'extrême faim qui te devore, n'eft-ce pas ?

ARLEQUIN.

Cela n'eft que trop vrai.

SYLVAINE.

Tu ne peux guérir de cette faim tant que je t'aimeraî, & je ne puis cesser de t'aimer qu'en t'épousant.

ARLEQUIN,

Serviteur très-humble, vous m'aimeriez encore plus dans le Mariage.

SYLVAINE.

Tu as un peu trop bonne opinion de toi.

ARLEQUIN.

Non, mais je l'ai mauvaise de vous, vous m'aimeriez jusqu'à me faire mourir d'inanition, afin d'être bien-tôt Veuve.

SYLVAINE.

A la fin je me lasse de tant de délais, veux-tu m'épouser Traitre?

ARLEQUIN.

Non, ma mie.

SYLVAINE.

Mais tu m'aimois tantôt.

ARLEQUIN.

C'est que je n'avois pas tant d'appétit qu'à l'heure qu'il est; je veux sortir d'ici, cacher mes pas à tout l'Univers, & te guérir de ton amour par une absence éternelle. Il faudra bien qu'il finisse.

SYLVAINE.

Non, perfide, je t'aimerai toûjours, puisqu'il ne faut que t'aimer pour faire ton supplice. Crains que je n'ajoûte à la faim qui te presse, la soif la plus brûlante; tu peux être sûr que je vais emploier toute ma puissance à te persécuter.

Elle sort.

SCENE DOUZIE'ME.

ARLEQUIN *seul.*

AH chienné ? il ne me manquoit plus que la pepie, sortons de cette prison à quelque prix que ce soit, peut-être tous leurs Diaboliques enchantemens finiront-ils quand je ne serai plus sur leurs terres ? Oui, mais je ne saurois faire un pas , prenons des forces , Rossignol, donnez-moi le ragoût d'un petit air , & mettez-y beaucoup de frédonnemens en guise de foies gras & de crêtes de Coq. (*un Asne brait.*) Plaît-il ? Serins de Canaries, Fauvettes, Linottes , chantez tous ensemble , (*l'Asne brait , le Cochon crie , le Chien aboye , le Chat miaule.*) Ahimé ! je suis perdu , quelle musique enragée ! Sauvons-nous. *Un Chat court après Arlequin & saute sur lui.*

Fin du second Acte.

ACTE

ACTE TROISIE'ME.

SCENE PREMIERE.

LE PRINCE, ARLEQUIN.

ARLEQUIN.

SEigneur, je n'y puis plus réfister, il y a une heure que je suis pourfuivi par une Menagerie, on me jouë ici mille tours, quittons ce Palais diabolique, où le Valet & le Maître font fi mal traités ; je vous avertis que Bruyante vous cherche pour vous faire encore quelque piéce, partons avant qu'elle nous rencontre.

LE PRINCE.

Moi partir ! que j'aïe la lâcheté de quitter des lieux où l'on me flate que Flore pourra répondre à ma ten-dreffe ! Quelque péril qui puiffe me menacer, j'y dois attendre l'Arrêt de ma deftinée.

ARLEQUIN.

Mais, qu'ai-je de commun avec tout cela moi ? pourquoi en fuis-je la victime par contre-coup ? Vous êtes haï, je fuis aimé ; la haine fait votre malheur, pourquoi l'amour fait-il le mien ? Vous êtes laid, je fuis beau, & nous fommes également malheureux. Il devroit du moins y avoir entre nous une différence de fortune.

LE PRINCE.

Ta folle vanité eft infuportable. Quoi ! Flore, je pourois lire dans vos beaux yeux le tendre aveu de votre flâme ?　　　　　　　　　H

ARLEQUIN.

Quoi ! Silvaine, je ne pourai pas lire dans les tiens
que tu me détestes.

LE PRINCE.

Agatine tarde bien, auroit-elle quelque fâcheuse
nouvelle à m'apprendre ?

ARLEQUIN,

Pour moi je n'en attens point d'autre,

SCENE DEUXIE'ME.

AGATINE, LE PRINCE, ARLEQUIN.

LE PRINCE,

HE bien, Madame, vos conjectures étoient-elles
vraïes ou fausses ? ne me faites point languir, de
grace. Ne craignez point de détruire l'espérance que
vous m'avez donnée, je m'attens à tout ; vous vous
étiez trompée ; ne me cachez rien, je vous en conjure,

AGATINE.

Nous sommes encore dans la même situation, j'ai
attendu en vain que Bruyante quittât la Princesse,
elle a toûjours été avec elle depuis que nous l'avons
vûe rentrer dans son Appartement.

LE PRINCE.

Et quel est son dessein ?

AGATINE,

De la déterminer à épouser Lisandre, sans doute ;
mais je suis assûrée que Flore aura absolument rejetté
cet hymen,

LE PRINCE,

Je suis perdu ! la Fée va emploïer les menaces, &
tout l'artifice dont elle est capable pour l'y résoudre,

AGATINE.

Bruyante n'a plus affaire à une personne bornée qui craint les menaces, ou se laisse séduire par les promesses ; c'est Flore éclairée, une Princesse qui connoît, qui ressent, qui s'exprime, qui lui opposera son antipathie pour son Neveu, les raisons qu'elle a de le refuser, & qui fera valoir les droits qu'une Princesse libre doit avoir sur elle-même.

LE PRINCE.

Que pourront toutes ces remontrances contre la force ?

AGATINE.

Que voulez-vous, Prince ? il faut sçavoir quel sera le succès de cette conversation, pour agir ensuite.

ARLEQUIN.

Madame, je vous demande votre protection.

AGATINE.

A propos de quoi ?

ARLEQUIN.

A propos d'une Coquine de Servante que vous avez, qui s'appelle Sylvaine, elle m'a séduit, m'a extorqué une promesse de mariage verbale, que je vous prie de casser.

AGATINE.

Pourquoi donc ?

ARLEQUIN.

En premier lieu, je ne suis pas en âge.

LE PRINCE *revenant de sa rêverie.*

Croïez-vous, Madame, qu'elle puisse résister à Bruyante ?

ARLEQUIN.

J'implore votre justice contre un amour qui me désespere.

LE PRINCE.

Et qu'elle haïsse effectivement Lisandre ?

ARLEQUIN.

Vous sçavez, sans doute, le sortilége que la méchante Fée a fait sur moi ?

LE PRINCE.

Et n'eft-ce point pour, flatter ma douleur que vous m'avez fait efperer qu'elle ne me haïffoit plus ?

ARLEQUIN.

Je meurs de faim & de foif, voilà ma fituation.

LE PRINCE.

Vous ne me répondez point, Madame.

AGATINE.

C'eft votre Domeftique qui m'étourdit.

LE PRINCE.

Comment, malheureux !

ARLEQUIN.

Pardi celui-là eft drôle, parce que je ne fuis pas Prince, il ne faudra pas que je cherche à me foulager ?

LE PRINCE.

Tais-toi, je te l'ordonne.

ARLEQUIN.

Bon, voilà encore l'ufage de la parole qui m'eft interdit; que voulez-vous donc que je devienne ?

LE PRINCE.

Avouez-le, Madame, vous commencez à croire que vos foupçons étoient mal fondés.

AGATINE.

Je reconnois le véritable Amant à cette inquiétude. Attendez, vous dis-je, que nous fçachions le réfultat de la converfation de Bruyante & de Flore, c'eft lui qui doit décider de tout.

ARLEQUIN.

Ah ! Seigneur, fauvons-nous, voici notre ennemie.

SCENE TROISIE'ME.

BRUYANTE, AGATINE, LE PRINCE, ARLEQUIN.

BRUYANTE.

VOus n'êtes point parti, Prince, je n'en suis pas fâchée, je voulois vous éloigner tantôt, mais j'ai changé de sentiment, & vous resterez ici tant que vous le jugerez à propos.

LE PRINCE.

Qu'elle a l'air satisfait !

ARLEQUIN.

C'est qu'elle vient apparemment de faire du mal à quelqu'un.

BRUYANTE.

Je suis au désespoir, Agatine, que vos soins ayent si mal réussi, le Sujet pour lequel vous vous interessiez méritoit assurément une meilleure fortune.

LE PRINCE.

Que veut-elle dire ?

AGATINE.

Madame, je ne sçai de quoi vous m'accusez.

BRUYANTE.

Vous le sçaurez tout-à-l'heure, allez je ne vous en veux aucun mal, je ne me fâche jamais contre mes ennemis, que lorsqu'ils ont l'avantage.

LE PRINCE à *Agatine*.

Il n'est plus tems de se flater, Madame, Flore épouse Lisandre.

AGATINE.

Je ne sçai que penser.

LE PRINCE.

Dûſſai-je me perdre , il faut que je m'éclairciſſe. *A Bruyante*. Madame, vous venez donc de voir la Princeſſe.

AGATINE.

Que va-t'il faire ?

BRUYANTE.

Oui, Seigneur.

LE PRINCE.

Et vous l'avez ſans doute contrainte à accepter votre Neveu pour époux.

BRUYANTE.

. Moi la contraindre ! ah ! ne le croyez pas.

ARLEQUIN.

Effectivement , elle eſt ſi bonne . . . .

BRUYANTE.

J'ai voulu que ſon goût & le mérite décidaſſent, je l'ai laiſſée maîtreſſe du choix entre Liſandre & Vous , & vous jugez bien de quel côté elle a fait pancher la balance. La voici, vous allez voir ſi je vous trompe.

SCENE QUATRIE'ME.

BRUYANTE, AGATINE , LA PRINCESSE , LE PRINCE , ARLEQUIN.

LA PRINCESSE.

OU eſt donc votre Neveu, Madame? eſt - ce comme cela qu'il m'épouſe, je ne le vois point ?

LL PRINCE.

Ah ! qu'entens-je ?

BRUYANTE.

Il eſt, ſans doute, un peu piqué contre vous , mais je l'appaiſerai, je vous le promets.

LA PRINCESSE.

Je vous en prie.

BRUYANTE.

Il ne devoit pas craindre le Rival qu'on vouloit lui donner, mais la jaloufie ne raifonne point.

LE PRINCE *à Agatine*.

L'auriez-vous pû croire, Madame?

BRUYANTE.

Tenez-lui compte de ce petit tranfport, un Amant qui fçait aimer eft jaloux de la moindre bagatelle.

LA PRINCESSE.

Qu'il vienne donc.

BRUYANTE.

Je l'ai fait avertir.

LA PRINCESSE.

Ah! voilà encore ce Prince, vous difiez que vous le feriez fortir de votre Palais?

BRUYANTE.

Il ne feroit pas honnête de le renvoyer dans un jour de réjoüiffance.

ARLEQUIN.

Fort réjouiffant, ma foi, l'un verra époufer fa Maîtreffe, l'autre verra la table bien garnie fans pouvoir manger ni boire.

LE PRINCE *à Agatine*.

Ah! pourquoi nous avoir fi cruellement trompés.

AGATINE.

Elle paroît être retombée dans fa premiere ftupidité, que fignifie ce changement?

LE PRINCE.

C'eft un nouveau charme de mon ennemie; mais devroit-il influer fur le cœur de la Princeffe, elle étoit rebutée de mon Rival & vous l'en voyez éprife.

LA PRINCESSE.

Mais fi Lifandre ne vient point, je l'irai chercher, moi.

BRUYANTE.

Non, non, il faut qu'une Princeſſe modere ſon empreſſement.

LA PRINCESSE.

Il y a donc du mal à chercher ſon mari ?

BRUYANTE.

Son ingenuité me charme. Vous voïez, Prince, que je ne la contrains point ; mais dites-moi, Flore, pourquoi tantôt demandiez-vous qu'on retardât ce mariage ?

LA PRINCESSE.

A cauſe que Liſandre m'avoit grondée, mais je lui pardonne, parce que je l'aime bien.

BRUYANTE *egardant Agatine.*

Vous ne dites pas tout, on vous l'avoit conſeillé.

LA PRINCESSE.

Oh! non, je vous aſſûre, Madame.

BRUYANTE.

Vous êtes trop diſcrette.

LE PRINCE.

Adieu, cruelle Fée, ne me retenez pas plus long-temps dans un ſéjour qui m'eſt ſi funeſte.

BRUYANTE.

Vous ne partirez que demain, Seigneur, je ſuis bien-aiſe que vous ſoyez ſûr de votre fait. Allez, Agatine, je vous prie de faire les honneurs de la cérémonie & de ne pas oublier le Prince.

AGATINE.

Je ne m'attendois pas à un pareil évenement.

LE PRINCE *à Agatine.*

Madame, quoique trop certain de mon malheur, je veux encore avoir une converſation avec elle, procurez-la moi à quelque prix que ce ſoit.

AGATINE.

A quoi vous ſervira-t'elle ?   *Elle ſort.*

LE PRINCE.

N'importe.   *Il ſort.*

AR

ARLEQUIN.

Je vous avois bien dit qu'on ne vous aimoit pas.
(*Agatine , le Prince & Arlequin fortent.*)

BRUYANTE.

Voïez un peu la figure qu'on vouloit faire préférer à mon Neveu ; mais le voici , ne foyez plus inquiéte.

SCENE CINQUIE'ME.

BRUYANTE, LA PRINCESSE, LISANDRE.

BRUYANTE.

Lisandre, la Princeffe reconnoît la faute qu'elle a faite, c'en eft affés pour vous la faire oublier ; vous allez être unis dans une heure, elle fouhaite ce mariage avec ardeur, & vous ?

LISANDRE.

Et moi tout de même. Vous m'aimez donc bien à cette heure ?

LA PRINCESSE.

De tout mon cœur.

BRUYANTE.

Je vais donner mes ordres , rien ne manquera à la fête qui va célébrer une fi belle union. Lifandre , ne quittez plus la Princeffe , vous me reverrez dans un moment. *Elle fort.*

LISANDRE.

Oh ! je n'ai garde.

I

SCENE SIXIE'ME.

LISANDRE, LA PRINCESSE.

LISANDRE.

J'Etois bien en colere tantôt contre cet autre Prince, au moins.

LA PRINCESSE.

Aſſûrément.

LISANDRE.

Et contre vous auſſi.

LA PRINCESSE.

Je l'ai bien vû.

LISANDRE.

Je vous avois bien dit que je m'en plaindrois à ma Tante.

LA PRINCESSE.

Oui.

LISANDRE.

Vous vouliez vous mêler de parler comme lui, & cela me déplaiſoit, parce que les longs diſcours m'ennuïent.

LA PRINCESSE.

Vous aviez raiſon.

LISANDRE.

Il étoit amoureux de vous, & cela ne ſe fait pas.

LA PRINCESSE.

Non vraiment.

LISANDRE.

S'il ne tenoit comme cela qu'à aimer la femme des autres.

LA PRINCESSE.

Cela ne ſeroit pas bien.

LISANDRE.

Ah! bon, vous parlez comme moi à préſent, car tantôt je ne vous entendois pas, & vous aviez un air éveillé que je n'aimois pas non plus.

LA PRINCESSE.

Je ne ſçai pas comment cela ſe faiſoit.

LISANDRE.

Ni moi ; mais vous voilà à votre ordinaire, & je vous aime de cette façon-là ; nous allons bien nous divertir à nos nôces, n'eſt-ce pas ?

LA PRINCESSE.

Sans doute.

LISANDRE.

Il y aura mille belles choſes ; des Bals, des Feux d'artifice, des Tournois. Ma Tante n'épargnera rien, car elle fait tout ce qu'elle veut ſans qu'il lui en coûte.

LA PRINCESSE.

Je crains bien qu'elle n'ait oublié le meilleur, & vous devriez aller lui dire . . . . .

LISANDRE

Quoi ?

LA PRINCESSE.

Je me meurs d'envie de voir un Opera, on dit que cela eſt ſi beau.

LISANDRE.

Un Opera, ah ! oui.

LA PRINCESSE.

Elle ne vous le refuſera pas, ſi vous le lui demandez.

LISANDRE.

Oh ! non, & je vais courir après elle. Mais elle m'a dit de ne vous point quitter.

LA PRINCESSE.

Cela ne fait rien, c'eſt pour voir un Opera.

LISANDRE.

Oui, oui, & tout d'un temps je lui demanderai pour moi des Marionettes. *Il ſort.*

SCENE SEPTIE'ME.

LA PRINCESSE, LE PRINCE,

LA PRINCESSE.

JE refpire, m'en voilà débaraffée. Ah ! Prince, venez me dédommager d'un fi trifte entretien.

LE PRINCE.

Qu'entens-je ? Madame, & que dois-je augurer du cruel changement qui s'eft fait en vous tout-à-l'heure ? qui a pû le caufer ?

LA PRINCESSE.

L'amour.

LE PRINCE.

L'amour !

LA PRINCESSE.

Oui, cher Prince, eft-il poffible que vous aïez été abufé comme les autres ? Se peut-il que celui de qui j'ai appris à penfer & à fentir, fe connoiffe fi peu aux mouvemens du cœur & de l'efprit ? Ne vous êtes-vous pas apperçû que ce retour d'imbecillité étoit un effet de ma tendreffe ?

LE PRINCE.

Que me dites-vous ? quoi ! vous m'aimez !

LA PRINCESSE.

Oui, Prince, je vous aime, & ne rougis point de vous le dire ; mon amour eft d'autant plus fort, qu'il a vaincu tous les préjugés ; mes yeux d'abord, je vous l'avouë, ont decidé en faveur de votre Rival, & vous devez me pardonner cette erreur, je ne fçavois alors que regarder & voir ; mais depuis que par votre don j'ai été capable de penfer & de connoître, l'efprit a déterminé le cœur, la raifon a fait naître les fentimens, & la reconnoiffance les a perfectionnés,

LE PRINCE.

Puis-je croire ce que je viens d'entendre ?

LA PRINCESSE.

Je vais vous en convaincre, le temps nous preffe, écoutez-moi, Prince. A peine vous ai-je quitté que la Fée Bruyante m'eft venue trouver : elle m'a fait voir toute fa haine pour vous, fes menaces m'ont fait trembler ; en ce moment j'ai reconnu combien vous m'étiez cher, j'ai fenti que l'amour le plus tendre étoit la fource de ma crainte. Je ne me fuis point amufée à combattre fes fentimens ; tout ce que j'aurois dit n'auroit fervi qu'à aigrir fa colere, & à lui découvrir l'interêt que je prenois en vous ; je craignois furtout qu'elle ne s'apperçût du don que vous m'aviez fait, elle auroit bien jugé que qui vous connoît ne peut vous haïr. Pour lui en ôter le foupçon, je me fuis remife dans mon premier état, j'ai repris ma ftupidité, j'ai affecté le même empreffement pour Lifandre, même dégoût pour vous. Que cette contrainte m'a fait fouffrir ! Enfin je vous revois, je vous fais l'aveu de ma tendreffe, & quand mon ftratagême ne me procureroit que ce feul plaifir, il eft affés grand pour me faire fuporter patiemment toutes les peines dont mon ennemie peut m'accabler à l'avenir.

LE PRINCE.

Je fuis penetré ; mais n'attendons pas, Madame, qu'une injufte puiffance détruife notre felicité. Oui, j'ofe dire la nôtre, puifque vous m'aimez, & que ma paffion vous prépare tant de foins, tant de tranfports, que la divine Flore ne poura fouhaiter un bonheur plus parfait ; partons, ce moment eft peut-être le feul que la fortune puiffe nous ménager, cherchons Agatine, conjurons-la de nous ouvrir une retraite ; ah ! la voilà, tout fuccede à nos vœux.

SCENE HUITIE'ME.

AGATINE, LA PRINCESSE, LE PRINCE.

LE PRINCE.

VOus ne m'avez pas trompé, charmante Fée; Flore, oui, Flore m'aimoit, ce que nous venons de voir & d'entendre il n'y a qu'un moment, n'étoit qu'un artifice produit par son amour ; c'étoit pour me conserver la vie qu'elle a feint de se rendre aux sollicitations de la Fée Bruyante , achevez l'ouvrage, dérobez-nous à sa vûë.

AGATINE.

Où voulez-vous que je guide vos pas ?

LA PRINCESSE.

Le désert le plus affreux me paroîtra charmant, si le Prince peut y être en sûreté.

LE PRINCE.

Adorable Princesse !

AGATINE.

Vous le voulez , mais songez que vous avez tout à craindre, si la Fée vous rencontre.

LE PRINCE.

Elle ne punira que moi , & je périrai regretté de Flore.

LA PRINCESSE.

Je frémis, cher Prince , j'exposerois votre vie en fuiant avec vous,

SCENE NEUVIE'ME.

BRUYANTE, AGATINE, LA PRINCESSE, LE PRINCE.

BRUYANTE.

NOn, non, vous ne fuirez ni l'un ni l'autre, mais à la vérité vos occupations dans ce féjour feront un peu différentes ; vous allez époufer Lifandre, l'amour qu'il a pour vous vous dérobe à une colere que vous avez meritée. Pour cet aimable Prince, dont vous fuiviez fi généreufement la fortune, vous allez être témoin de celle que je lui deftine. *A Agatine.* Madame, je ne puis plus douter de votre bienveillance pour moi, & je vous en ferai mes remercimens.

AGATINE.

Je voulois proteger l'innocence ; felon vous, c'eft un crime, mais il n'excitera en moi d'autre repentir que celui de n'avoir pû le commettre.

BRUYANTE.

Vous pouvez compter que vous ne ferez jamais aucun don que je ne le traverfe.

AGATINE.

Ce fera moins par vengeance que par plaifir.

BRUYANTE.

Et je vais exercer fur ce Prince . . .

LA PRINCESSE.

Arrêtez, Madame, que la pitié vous touche, n'eft-il pas permis à un malheureux de chercher à ne plus l'être ; fongez même que le crime que vous lui imputez eft un ouvrage de vos mains ; après l'avoir accablé du don fatal de paroître affreux, vous l'avez forcé d'aimer. Croïez que mon penchant pour lui n'eft qu'un ordre du Ciel qui veut réparer votre injustice, rendez-vous à sa voix, ceſſez de nous perſécuter ; eſſaïez un moment de la généroſité & de la clemence, votre cœur ne pourra plus ſuivre d'autres Loix.

BRUYANTE.

Comment ! voilà un langage qui ne vous étoit pas naturel, vous parliez autrement tout-à-l'heure, & vous ſouhaitiez Liſandre avec l'ardeur la plus vive, pourquoi ce changement ?

LA PRINCESSE.

Je me reproche de vous avoir trompée, je vous en demande pardon, je devois avoir recours à vos bontés, j'aurois mieux réuſſi, j'en ſuis ſûre ; mais paſſez quelque choſe à un cœur troublé par la crainte.

BRUYANTE.

Je me doute à qui vous devez cette métamorphoſe; mais, perfide, le préſent qu'il t'a fait ne te ſervira qu'à mieux ſentir l'horreur de ſa ſituation & de la tienne ; tu vas épouſer un homme que tu n'aimes point, & tu verras périr un Amant que tu adores.

LE PRINCE.

Cruelle, que je périſſe du moins avant cette union!

LA PRINCESSE.

Voulez-vous me voir expirer à vos pieds.

BRUYANTE.

Rien ne ſauroit adoucir mon couroux.

LA PRINCESSE.

Ah ! c'en eſt trop, que craignons-nous, cher Prince; la mort qu'elle peut nous donner ? nous ne devions pas attendre d'autre grace de cette barbare. Oui, cruelle, tu me verras préferer le ſupplice le plus affreux à l'alliance que tu me propoſes ; quand Liſandre ne ſe feroit pas attiré mes mépris par ſa ſtupidité inſuportable, c'eſt aſſés qu'il ſoit de ton ſang pour me le rendre odieux, & tu ne me laiſſes d'autre regret, en perdant la vie, que celui de m'être humiliée devant toi.

AGATINE.

A G A T I N E.

Pouvez-vous l'aigrir dans la situation où vous êtes ?

B R U Y A N T E.

Nous allons bien-tôt éprouver cette conftance. Que tout ce qu'il y a de plus redoutable paroiffe en ce moment, & exerce fur mon ennemie la vengeance la plus terrible.

S C E N E D I X I E'M E.

L'AMOUR , BRUYANTE , AGATINE , LA PRINCESSE , LE PRINCE.

L' A M O U R.

ME voilà ! que me veux-tu ?

B R U Y A N T E.

L'Amour ! ce n'eft point vous que j'appelle.

L' A M O U R.

Ne croïez-vous pas, ma belle Dame, que je ne vien-ne que quand on me demande ? je m'embaraffe bien de cela vraïment , j'arrive & je difparois felon mon caprice.

B R U Y A N T E.

Et que venez-vous faire ici ?

L' A M O U R.

Ce que j'y viens faire, ah ! bien des chofes, qui plai-ront aux uns & qui déplairont aux autres ; c'eft-là mon métier. Commencez d'abord par laiffer ces deux Amans en repos, je les protege.

L E P R I N C E.

Aimable Dieu, vous m'êtes favorable !

L' A M O U R.

Vous devez vous en être apperçû ; mais je vous pardonne votre furprife , vous avez peine à vous ima-

K

giner que l'Amour fe mêle de vos affaires, parce que vous êtes laid ; bon , je fais ces miracles tous les jours.

BRUYANTE.

Sortez d'ici , petit Dieu turbulent , ofez-vous traver-fer mes projets jufques dans mon Palais même ?

L'AMOUR.

Effectivement, voilà un azile bien refpectable pour un Dieu qui maîtrife le Ciel , la Terre , l'Onde & les Enfers ; ceffez de perfecuter ces Amans , vous dis-je , j'ai fait naître leur tendreffe pour vous punir de votre malice ; & fi vous me réfiftez , je blefferai votre cœur pour le plus épouvantable objet du monde.

BRUYANTE.

Ah ! traître.

L'AMOUR.

Et qui vous fera rigueur encore ! Croïez-moi , pre-nez votre parti , & ne m'obftinez pas davantage ; je ne vaux rien , je vous en avertis.

BRUYANTE.

Quelle rage ! quel défefpoir !

LA PRINCESSE.

Dieu charmant, qu'il eft doux de vous devoir fon bonheur !

SCENE ONZIE'ME.

L'AMOUR , AGATINE , LA PRINCESSE , LE PRINCE , ARLEQUIN , SYLVAINE.

ARLEQUIN.

Mlfericorde ! a-t'on jamais vû une rage pareille ? fe faire époufer de force !

SYLVAINE.

Tu ne m'échaperas pas.

ARLEQUIN.

Qui eſt ce bel Enfant-là, Madame?

AGATINE.

C'eſt l'Amour.

ARLEQUIN.

C'eſt le Diable. Il eſt cauſe de tous mes malheurs.

L'AMOUR.

Va, mon pauvre Arlequin, je les répare, épouſe Sylvaine, je romps le charme de Bruyante. Pour vous,
Princeſſe, avant de célébrer votre union, vous pouvez, ſi vous le ſouhaitez, changer la figure de votre
Amant & lui faire prendre la plus belle du monde.

LE PRINCE.

Madame, ce n'eſt point pour moi que je le ſouhaite,
faites-le pour vous.

LA PRINCESSE.

Non, Prince, vous ne changerez point de figure, l'A-
mour a vaincu le charme de la Fée, vous m'avez plû tel
que vous êtes, & vous ne pouvez m'être plus cher que
ſous les traits que vous avez ; ce ſeroit peut-être pour
mes Rivales que je travaillerois, & malgré toute la
fidelité dont je vous crois capable, je veux être la
ſeule au monde qui vous aime ; croïez-moi, vous n'y
perdrez rien.

L'AMOUR.

J'adoucirai du moins ſes traits, & ſans y rien changer, je les rendrai plus agréables.

ARLEQUIN.

Oui, vous le peindrez en beau.

SCENE DERNIERE.

LES ACTEURS SUSDITS, LISANDRE.

LISANDRE
QU'eft-ce à dire donc , ma Tante m'a dit que je ne vous épouferois plus ?

LA PRINCESSE.
Non , Seigneur , l'Amour a décidé pour votre Rival.

LISANDRE.
Hé bien , je ne m'en foucie guéres.

LA PRINCESSE.
Je le crois.

LISANDRE.
Et je m'en vais.

ARLEQUIN.
La Pie eft envolée , allez dénicher des Merles.

LISANDRE.
Si vous venez encore pour m'époufer, vous verrez.

Il fort.

L'AMOUR.
Soïez unis , je jure en votre faveur de me raccommoder avec l'Hymen , & de ne vous point quitter.

LE PRINCE *à Agatine.*
Madame . . .

AGATINE.
Je fçai jufqu'où va votre reconnoiffance , & je ne pouvois mieux emploïer mes foins.

L'AMOUR.
Que ma Suite celebre cet Hymen.

ARLEQUIN.

Et le nôtre aussi. Je t'avertis, ma chere, qu'il faut faire dans tes Forêts une chasse générale au moins ?

SYLVAINE.

Va, va, je satisferai ton appétit.

❁❁❁❁❁❁❁❁❁❁❁❁❁❁❁❁❁❁❁❁❁❁❁❁

DIVERTISSEMENT.

Entrée pour la suite de l'Amour.

LE CHANTEUR.

AMour, ta derniere victoire
Vient de déchirer ton bandeau,
Jouis d'un triomphe si beau,
Rien n'en peut obscurcir la gloire.
Lorsque tu te soumets un cœur
Par le seul pouvoir de tes armes,
On ne jouit que d'un commun bonheur,
Tu n'es souvent qu'un Dieu de tumulte & d'allarmes,
Mais peut-on trop chérir tes charmes,
Lorsque l'esprit te rend vainqueur ?

AIR, ou MENUET.

UNE CHANTEUSE.

DU premier jour de l'Hymenée
La Beauté fait tous les frais,
De cette agréable journée
Elle ordonne les apprêts ;
Ce jour passé ce n'est plus son affaire,
On ne reconnoît plus son pouvoir souverain,
Et c'est l'esprit qui doit faire
Tous les honneurs du lendemain.

VAUDEVILLE.

TOUT roule aujourd'huy dans le Monde
   Sur l'Efprit & fur la Beauté,
Tout fur ces deux objets fe fonde,
Employ, Crédit & Dignité ;
Tout roule aujourd'huy dans le Monde
Sur l'Efprit & fur la Beauté.

   Par une éloquence profonde
Le Juge eft fouvent emporté,
Souvent & la Brune & la Blonde
Corrompent fon integrité ;
Tout roule, &c.

   Le Gafcon dont la Terre abonde
Séduit le Marchand rebuté,
Le dur Traitant à taille ronde
Près d'une Iris perd fa fierté ;
Tout roule, &c.

   Gros Commis, de peur qu'on ne fronde
Votre trop grande habileté,
Prenez femme qui vous feconde
En cas de quelque adverfité ;
Tout roule, &c.

   Un Auteur qu'Apollon feconde
Subjugue un Parterre indompté,
Une Actrice en attraits féconde
A la même facilité ;
Tout roule, &c.

   Meffieurs, qu'aucun de vous ne gronde
Voici le moment redouté,
Et tout notre efpoir ne fe fonde
Que fur votre feule bonté ;
Car nous ne roulons dans le monde
Sur l'Efprit ni fur la Beauté.

FIN.

APPROBATION.

J'Ai lû par ordre de Monseigneur le Garde des Sceaux, une Comedie pour le Théâtre Italien, intitulée *les Fées*, & je n'y ai rien trouvé qui puisse en empêcher l'impression. Fait à Paris ce 25 Juillet 1736. LA SERRE.

PRIVILEGE DU ROY.

LOUIS, PAR LA GRACE DE DIEU, Roy de France & de Navarre: A nos amez & feaux Conseillers, les Gens tenans nos Cours de Parlement, Maîtres des Requêtes ordinaires de notre Hôtel, Grand Conseil, Prévôt de Paris, Baillifs, Sénéchaux, leurs Lieutenans Civils, & autres nos Justiciers qu'il appartiendra: SALUT. Notre bien amé HENRY-SIMON-PIERRE GISSEY, Imprimeur & Libraire à Paris, Nous ayant fait remontrer qu'il lui auroit été mis en main un Ouvrage, qui a pour titre, *Nouveau Théâtre Italien*, qu'il souhaiteroit imprimer, ou faire imprimer, & donner au Public, s'il nous plaisoit lui accorder nos Lettres de Privilege sur ce nécessaires, offrant, pour cet effet, de l'imprimer, ou faire imprimer en bon Papier & beaux caracteres, suivant la feüille imprimée & attachée pour modele sous le contre-scel des Presentes. A CES CAUSES, voulant traiter favorablement ledit Exposant; Nous lui avons permis & permettons par ces Presentes, d'imprimer ou faire imprimer ledit Ouvrage ci-dessus specifié en un ou plusieurs Volumes, conjointement ou séparément, & autant de fois que bon lui semblera, sur papier & caracteres conformes à ladite feüille imprimée & attachée sous notredit contre-scel, de le vendre & faire vendre, & débiter par tout notre Royaume, pendant le tems de huit années consecutives, à compter du jour de la date desdites Presentes; faisons défenses à toutes sortes de personnes de quelque qualité & condition qu'elles soient, d'en introduire d'impression étrangere dans aucun lieu de notre obéissance; comme aussi à tous Imprimeurs, Libraires, & autres, d'imprimer, faire imprimer, vendre, ou faire vendre, débiter, ni contrefaire ledit Ouvrage ci-dessus exposé, en tout ni en partie, ni d'en faire aucuns extraits, sous quelque prétexte que ce soit d'augmentation, correction, changement de titre ou autrement, sans la permission expresse & par écrit dudit Exposant, ou de ceux qui auront droit de lui, à peine de confiscation des exemplaires contrefaits, de trois mille livres d'amende contre chacun des contrevenans, dont un tiers à Nous, &

un tiers à l'Hôtel-Dieu de Paris, l'autre tiers audit Exposant, & de tous dépens, dommages & interêts ; à la charge que ces Presentes feront enregistrées tout au long sur le Registre de la Communauté des Libraires & Imprimeurs de Paris, dans trois mois de la date d'icelles ; que l'impression de ce Livre sera faite dans notre Royaume, & non ailleurs ; & que l'Imperant se conformera en tout aux Reglements de la Librairie, & notamment à celui du dix Avril 1725, & qu'avant de l'exposer en vente, le manuscrit, ou imprimé qui aura servi de copie à l'impression dudit Livre, sera remis dans le même état où l'Approbation y aura été donnée, ès mains de notre très-cher & feal Chevalier Garde des Sceaux de France le Sieur Chauvelin, & qu'il en sera ensuite remis deux exemplaires dans notre Bibliotheque publique, un dans celle de notre Château du Louvre, & un dans celle de notredit très-cher & feal Chevalier Garde des Sceaux de France, le Sieur Chavelin; le tout à peine de nullité des Presentes ; desquelles vous mandons & enjoignons de faire jouir l'Exposant, ou ses ayans cause, pleinement & paisiblement, sans souffrir qu'il leur soit fait aucun trouble ou empêchement. Voulons que la copie desdites Presentes, qui sera imprimée tout au commencement ou à la fin dudit Livre, soit tenuë pour dûement signifiée, & qu'aux copies collationnées par l'un de nos amez & feaux Conseillers & Secretaires, foi soit ajoûtée comme à l'Original ; Commandons au premier notre Huissier ou Sergent de faire pour l'exécution d'icelles tous actes requis & nécessaires, sans demander autre permission, & nonobstant Clameur de Haro, Chartre Normande, & Lettres à ce contraires. CAR tel est notre plaisir. DONNE' à Paris le dix-septiéme jour du mois de Décembre, l'An de grace mil sept cens vingt-huit, & de notre Regne le quatorziéme. Par LE ROY en son Conseil.
S. HILAIRE.

J'ai cédé à Monsieur Briasson, Libraire à Paris, le present Privilege, suivant les conventions faites entre nous. A Paris le 20 Décembre 1728. GISSEY.

Registré, ensemble la cession, sur le Registre VII. de la Chambre Royale des Imprimeurs & Libraires de Paris, No. 284. fol. 239 conformément aux anciens Réglemens, confirmés par celui du 28. Février 1723. A Paris le 22 Décembre 1726. COIGNARD, Syndic.

J'ai cedé à Monsieur le Breton mon Privilege du Nouveau Théâtre Italien, pour imprimer seulement la Comedie *des Fées*, qui en fait suite, suivant les conditions faites entre nous. A Paris ce 4 Août 1736. BRIASSON.

www.ingramcontent.com/pod-product-compliance
Lightning Source LLC
Chambersburg PA
CBHW070806260626
47161CB00006B/2177